Os Arriscados

MIGUEL ANXO MOURIÑO

1ª edición nesta colección, 2004

Reconquista 1. 36201 Vigo
www.editorialgalaxia.es

Colección ao coidado de
Xosé A. Neira Cruz

Deseño gráfico **Fausto Isorna**

ISBN **84-8288-736-X**
Depósito legal **VG-819-2004**

Imprime **C/A GRÁFICA**

Os Arriscados

MIGUEL ANXO MOURIÑO

Ilustracións **ANDRÉS MEIXIDE**

árbore / galaxia

Ao meu neto Pabliño,
para que cando teña idade e lea este libro
saiba que pensaba nel dende o principio.

Introdución

Estou escribindo na mesa e no cuarto que foron meus durante tres anos cheos de recordos felices; todo está igual que como o deixei eu cando tiven que abandonar o paraíso para aprender a vivir unha adolescencia incerta nun país estraño e sen amigos nin coñecidos. Todos os meus obxectos seguen colocados coidadosamente no sitio que eu lles destinara, como se un mago de ollos azuis tivese feito un esconxuro para conxelar o tempo nesta estancia. Deille unha ollada rápida a todo, revivindo vertixinosamente aqueles anos, e detívenme con degoro nun estoxo vermello con adornos dourados; abrino lentamente e palpei a frialdade da moeda conservada no seu interior: ¡unha peseta de cobre!

Embaixo, na biblioteca, está o cadaleito do avó e eu dispóñome a velalo toda a noite tratando de facerlle a xustiza que non lle fixen naquela época da que tanto lle debo. A idea deuma Pisco sen querer.

Eu estaba en Oxford, onde traballo como profesor adxunto da Cátedra de Galego, cando me chamaron para que viñese urxentemente porque ao avó déralle un infarto e non parecía recuperarse del; collín un avión ata Santiago, onde me comunicaron por teléfono o seu pasamento, e nese intre, como nunha explosión, amoreáronseme na memoria todos os recordos da infancia pugnando por ocupar o primeiro lugar e alternándose aloucada e desordenadamente, como se unha manada de cabalos aterrorizados por un incendio repentino, ou encirrados polos aloitadores, buscasen a saída desaforadamente. Sacudín a cabeza con forza como chamando á orde aos meus pensamentos e fixen un esforzo para volver á realidade. Tiña que continuar. Aluguei un coche sen condutor e enfilei o camiño de Cobres, preto de Pontevedra, onde habitaban as miñas vivencias daquela época, da súa época, e onde habitara, por uns anos, a felicidade. Vin todo o camiño absorto nos meus pensamentos sen poder crer que non volvería estar con el. ¡Tantas cousas tiña que lle dicir e tanto tempo tiven para facelo…! ¿Por que somos sempre tan avaros en afagos?

Dende a chamada estiven continuamente evocando aqueles anos irrepetibles nos que el xogara un papel tan importante. Case sen decatarme puxen a radio e espallouse polo aire unha voz doce e melodiosa que estaba entoando os

últimos compases dunha canción..., unha canción que eu nunca antes oíra cantada «de veras» pero que coñecía moi ben:

Dáme alento coas túas palabras,
dáme o celme do teu corazón,
dáme lume coas túa miradas,
dáme vida co teu doce amor.

O corazón acelerou o ritmo do seu latexar e algo estraño se apoderou do meu peito premendo na gorxa ata asomar polos ollos e transmitirme unha inquedanza que me facía mover nervioso no meu asento. ¡Susan, Susan! ¡Que será da túa vida!

Cando xa o sol comezaba a colorear as verdes augas do noso mar pasaba eu polo altísimo viaduto que sobrevoa altivo o val do río Maior. Aquel era o centro neurálxico da miña infancia, o lugar onde se xuntaban as dúas parroquias que formaban a comarca de Cobres, o punto elixido para situar o colexio de EXB que escolarizaba os cativos da zona, case enriba do mar...

Intentei ver o edificio que acubillou as miñas inquedanzas noutro tempo, pero a anchura do viaduto e a perspectiva impedíanmo. Deixei vagar entón a vista pola ría para pousala un instante na illa de San Simón, tan preto que pensei que se o mundo se parase por un intre e o progreso liberase momentaneamente os átomos do aire talvez se poderían aínda escoitar dende alí as amorosas queixas da namorada de Mendiño.

Pouco despois collía a saída que me colocaba na estreita estrada, case debaixo da ponte de Rande, que serpeaba pola beira do mar, nunha paisaxe que se me presentaba en toda a súa esplendorosa beleza. Sumido, como estaba, nun estado mental de tristeza, decateime con mágoa de que aquela fermosura me pasara desapercibida cando a habitaba, como o dependente da pastelería que non repara na exquisitez dos doces que despacha. O mar tiña alí vocación de lago no que se derretían mansamente as montañas verdes que o rodeaban, coas súas abas inzadas de casiñas de pedra, unhas concentradas, outras dispersas. No luscofusco da tardiña, a paz instalábase no ambiente. Un pouco máis tarde, cando as casas iluminasen as súas ventás, o espectáculo sería inenarrable.

Cando cheguei á casa do avó aínda as sombras da noite non invadiran completamente o lugar. No soportal, onde tantas veces nos sentamos os dous a parolar, había unha mesiña para recoller pésames presidida por un cartel que indicaba o nome do falecido: Manuel Caeiro Lusquiños. Había xente por fóra pero entrei desfrechado para abrazar a meus pais, tíos e curmáns e pararme diante do féretro sen atreverme a mirar. Os ollos enchéronseme de bágoas e meu pai rodeoume cun brazo e, apertando con forza, apoiou a cabeza no meu ombro.

Devolvinlle a presión, respectando a elocuencia do seu silencio, e pouco a pouco fun estendendo a ollada polo féretro ata chegar ao seu rostro moreno de pelo e barba moi brancos. Finalmente contempleino cunha tranquilidade que me asombrou dado que era a primeira vez na miña vida que ollaba un cadáver. Axudoume a serenidade da faciana, na que non puiden evitar botar en falta os seus ollos azuis vivaces e dinámicos que tiñan a extraordinaria capacidade de transmitiren paz, ese estado de ánimo que tanto escasea a pesar de ser a esencia da felicidade.

Media hora máis tarde apareceu pola porta unha cara que me miraba con tristeza e alegría mesturadas:

—Ola, Súper. Como did the vida trat che?

Pisco, o máis amigo, co que máis pelexei, falábame en galinglo, coma antes... E seguía a chamarme daquela maneira. Todo o mundo me chama Lelo na aldea agás uns poucos, moi poucos.

Démonos unha aperta forte e sincera.

—Ola, Pisco. Non o inventei eu. Foi el, como case todo —confeseille, e sentín un alivio estraño. Non pareceu sorprenderse.

—Dicilo hónrate, Súper.

E nese momento decidín que tiña que contalo todo, que el merecía que os que me coñecían soubesen a verdade, e eu necesitaba desprenderme daquela bagaxe allea que xa tiña esquecida pero que se me presentaba de novo coma un berro imposible de acalar.

Estivemos un bo anaco recordando aqueles tempos e aqueles amigos. El seguía sendo alto e delgado, tanto coma min. Sempre fomos os máis altos do grupo e a nosa figura era moi semellante, se ben todo o mundo nos distinguía axiña, de preto ou de lonxe, pola cabeza. Mentres Pisco lucía un pelo abundante, pero curto, liso e negro, a miña cabeleira era loura e gustábame deixala caer en liberdade por riba da fronte e da caluga. Aínda que sempre recordo ao avó co pelo moi branco, eu supoño que o meu herdeino del, así como os ollos azuis, que saltaron unha xeración para darme aquela fasquía que tanto lle gustaba a Susan.

Pisco empequeneceu os ollos nun xesto moi seu, como empurrando a vista cara a outras coordenadas, para darme unha visión da situación actual antes de perdernos polos labirintos dos recordos.

Chuco caera na droga e agora andaba pola Coruña seguindo, polo visto con éxito, un programa de desintoxicación.

—Non cumpriu o estatuto —dixen, nunha broma triste.

—Eu tampouco —bromeou tamén Pisco, acendendo un cigarro e seguiu:

—Antón e Noa seguen xuntos. Son os dous médicos e están a facer o MIR. Xolas traballa en Pontevedra, na Caixa de Aforros. E eu son mestre, este curso estou provisional no noso colexio. O Colexio de Riomaior, onde tantos anos convivimos...

—¿E Susan? —preguntei con certa ansiedade.

Pisco dedicoume un sorriso afectuoso.

—Non sei nada dela. Os pais mercaron un piso en Vigo e trasladáronse hai anos.

—¡Canto me gustaría vela de novo!

Cando marchou eu xa tomara a decisión de escribir as nosas aventuras tal e como as recordaba. Durante a cea díxenllelo a meus pais e pareceulles ben. Estarían eles na biblioteca turnándose e eu podía estar tranquilo no meu cuarto.

E cando sentei só diante deste caderno viaxei, con pracer e tristeza mesturadas, ata aquel ano de 1982.

Coido que serei capaz de describir con moita exactitude os sucesos máis salientables daquela tempada porque quedaron moi gravados no meu corazón. É máis, coido que as mans sabias do avó remodelaron a arxila tenra do meu sámago de tal xeito que fun, paseniñamente, sendo outro, quizás mellor, pero, sobre todo, máis feliz. Por iso aqueles tres anos, pedrafita inmorredoira na miña vida, sempre os terei presentes e frescos na memoria.

I

Lembro aquel curso que tan triste comezou. Meus pais decidiran emigrar a Inglaterra porque aquí non atopaban traballo debido á reconversión que se estaba a producir no sector metalúrxico e eu pasei a vivir co avó na súa casiña de pedra, máis alá da fonte vella, que a xente adoitaba tomar como referencia para marcar o final da aldea. Tiña sona de home solitario, sobre todo despois de que morrese a avoa, a quen non recordo pois era eu moi pequeno. A tempada escolar que comezaba antollábaseme distinta e misteriosa. Os meus amigos xa non vivían no mesmo lugar ca min e tiña medo de que iso me separase deles á hora de xogar polas tardes. Ademais pasabamos a sexto, un curso no que teriamos unha chea de profesores novos. E, sobre todo, poderiamos pertencer ao parlamento e mais ao goberno e eu non sabía moi ben se me apetecía ou non presentarme para deputado. Levaba anos agardando esta ocasión, engaiolado polo que contaban os maiores, narracións sempre envoltas en certo halo de misterio.

Poder estar alí, coñecendo todo o que pasaba no centro e decidindo sobre tantas cousas... Pero, vendo próximo o momento, algo estraño se apoderaba de min transmitíndome unha inquedanza que me desacougaba porque o tempo reduce o paso e ínzase de misterios cando agardas un acontecemento que, coidas, influirá dalgún xeito na túa felicidade. E, ademais, estaba a nova situación familiar...

O curso comezou con moita chuvia. Durante vinte días polo menos non parou un momento. Non podiamos saír ao recreo e as tardes pasábaas na casa axudándolle ao avó nas súas afeccións e parrafeando con el. No colexio atopaba aos meus amigos distintos, aínda que sabía que era eu o que cambiara; sentía celos de saber que se reunían nos alpendres ou nos garaxes duns ou doutros, buscando os momentos nos que amainaba a chuvia. Eu notaba que a miña actitude estábase virando máis fría de cada vez e tiven medo de quedarme só como o avó; pero axiña se me presentou a oportunidade de comprobar que seguían sendo os meus amigos e puiden rectificar a miña conduta. Foi cando se empezaron a preparar as eleccións. Tiñamos que afiliarnos a algún partido dos que había, porque crear un novo non era doado. Os meus amigos pedíronme dende un principio que me presentase candidato, o que me brindou a ocasión de recomezar os nosos encontros polas tardes. Todo comezou cando Antía, a nosa delegada de curso, nos comunicou o inicio da campaña electoral.

—Poli díxonos aos delegados que os que quixesen presentarse para deputados tíñanlle que dar este papel cuberto antes de oito días.

Era un deses días augacentos. No recreo, estaba eu caviloso entre o rebumbio da aula cando se me achegaron Pisco e Xolas.

—Ti querías, ¿non si? —dixo o primeiro.

—¿Quería... que? —disimulei, máis por timidez que por outra cousa.

—Ser deputado.

Falaron a un tempo, como se o tivesen ensaiado.

—Antes quería. Pero agora non estou seguro.

—Pero alguén ten que que falar por nós no Parlamento e ti es o máis indicado. Todo o grupo está de acordo niso. ¿Non si, Pisco?

Pisco ía dicir algo pero a chegada buliciosa de Antón, Noa e Chuco impediullo.

—¿Que estades a facer? —preguntou o último.

—Convencendo a Lelo para que se presente a deputado polo noso curso —aclarou Xolas.

—Ah, pero ¿haite que convencer? Eu pensei que querías ser —asombrouse Antón—. Ademais todos sabemos que ti es o noso líder natural.

El e os demais tíñanme oído moitas veces en anos anteriores asegurar que cando chegase a sexto estaría no Parlamento e, por outra banda, dende a perspectiva actual podo observar que, efectivamente, sempre exercín certo liderado, ás veces coa nobre oposición de Pisco.

—Ben, non estou moi convencido. Non sei se saberei facer algo...

—Ti o que tes é medo —asegurou Noa.

Aquilo non me gustou, pero disimulei. Que a única rapaza da panda me chamase medroso sería máis ca suficiente para que, noutro tempo, protestase enerxicamente. Nesta ocasión, non obstante, encaixei o golpe. Só se me ocorreu dicir unha desculpa.

—En realidade teño un problema importante. Agora vivo lonxe e, con esta chuvia, non sei como iamos facer para xuntarnos e discutir cousas. Porque polas mañás non hai tempo...

—Pois hai que buscar unha solución porque Antón tén razón en que ti es o noso líder «nacoral»...

As gargalladas e burlas interromperon o discurso de Chuco, que metía a pata con frecuencia cando quería falar con elegancia. A famosa boneca estaba de moda e a televisión enchíanos, e énchenos, a cabeza de todo tipo de informacións que non sempre son ben procesadas.

A súa primeira reacción foi a de quen non entende o que pasa, logo amosouse algo anoxado pero enseguida pasou a participar alegremente do rebuldeo da panda. Chuco era así con nós e aguantábanos as bromas (e sobre todo as de Pisco) sen intentar nunca empregar a forza, que si usaba noutras situacións con rapaces de fóra do grupo, principalmente se eran doutras aldeas. Se ben non era alto, a súa constitución parecíase á dun xogador de rugby co uniforme posto. Meu avó dicía sempre que era tarrantexo e aínda que eu nunca souben o que iso significaba exactamente, era fácil de intuír. E cando estaba enfadado, cun xesto duro na cara, podía ser temible. Pero con nós sempre optaba por aguantar con bo carácter as bromas e burlas de que era obxecto, quizais con demasiada frecuencia. Como moito enfadábase un pouco, enfado que raramente era duradeiro.

Este suceso foi para min como un rápido trebón de verán que descarga a tensión do ambiente. Cando acabei de rir xa estaba decidido a presentar a miña candidatura e así llelo dixen.

—De acordo, Chuco. Convencíchesme.

El e os demais contestaron con voces e palmadas (¡e algunha puñada!) de ánimo. Aínda que me gustaban esas mostras de afecto facíanme sentir algo cortado e dixen, máis ca nada para cambiar de situación:

—O primeiro que temos que facer é saber a que partido nos afiliamos e para iso temos que falar.

—Lelo ten razón —comentou Noa—. Cómpre que esteamos todos no mesmo partido para termos máis forza.

—E se é posible toda a clase —dixo Antón.

—Iso xa o discutiremos. O primeiro é quedar para decidir o partido —insistín—. E con esta chuvia...

—Meu irmán Breixo está no paro agora mesmo. Pódolle pedir que te vaia buscar no coche de papá e vés á miña casa —ofreceu Chuco.

Eu pensaba que Breixo pasaría de irme buscar pero parece que dese xeito conseguía que o pai lle emprestase o coche e nos días seguintes presentouse coma un cravo ás catro na miña casa.

Reunímonos no alpendre dos pais de Chuco; facía as funcións de garaxe pero non tiña nada moderno, nin sequera a entrada, un portalón de madeira que se atrancaba polas noites. O piso era terreño e o local estaba aberto polo lado que daba ao quinteiro, de modo que cando escampaba podiamos ampliar o espazo dos nosos xogos. Incluso resultou ser o lugar ideal para probar un que me acababa de ensinar o avó e que parecía moi interesante, como así resultou, sobre todo cando chegamos a dominalo. Máis adiante introducímolo no colexio durante o ano dedicado aos xogos tradicionais e populares e obtivemos un dobre éxito; por unha banda, o xogo foi moi ben aceptado por todos, e pola outra fomos os campións indiscutibles debido á experiencia acumulada.

Chegado a este punto pensei que aínda debía gardar no meu caixón o libriño que confeccio-

namos entre todos (editado a multicopista) cos regulamentos dos xogos recuperados. Efectivamente, alí estaba, no sitio de sempre ¡e sen un chisco de po! Transcribo literalmente o contido da páxina que falaba deste xogo. E non me resisto á tentación de manter a absoluta literalidade aínda a custa de producir certa perplexidade no lector por algunhas arbitrariedades léxicas que me devolven o pracer esquecido do éxito, no absoluto convencemento de que me saberá perdoar este arrouto de fachenda cando, máis adiante, comprenda por que o fago:

PETADOURO

Xogan dous equipos: un ten que sacar a pelota e outro recollela; do equipo que ten que sacar, unhe xogadore é e sacadore (por quendas) e es outres están en fronte, no medio do equipo contrario, a entorpecer a recollida. A maneira admitida de entorpecemento é só empurrar a pelota, antes de que caia, para que vaia máis lonxe; non vale collela nin empurrar és contraries; estes teñen que atrapar a pelota antes de que toque o chan, co cal pasan eles a ser o equipo sacador; ou ben, dende onde consigan parala, tirala a rente o chan para darlle a unha pedra grande e plana (o petadouro) chantada no sitio dende onde se saca; se o conseguen, tamén pasan a ser o equipo sacador. E sacadore segue séndoe mentres non perda, e cada vez que fai un saque anota un punto para o seu equipo.

Estabamos os cinco de sempre: eu, Chuco, Antón, Pisco e Xolas; ultimamente unírase tamén ao grupo Noa porque Antón insistiu en que as mulleres tiñan os mesmos dereitos e se ela quería..., e como era do mesmo lugar ca nós..., pois... non había por que deixala fóra. Nós sabiamos que o que pasaba era que estaba por ela, notábaselle un montón e a Noa pasáballe o mesmo. Foi ela quen, sen querer, escribiu o prólogo da nosa grande aventura, a que nos daría sona e carisma entre os rapaces da bisbarra, pois seu pai traballaba en Pontevedra e transmitiulle unha preocupación que estaba a medrar na Boa Vila: as andainas dun atracador que, aínda que non causara danos persoais, traía en xaque á policía que non era quen de ter pistas efectivas que conducisen á identidade do delincuente.

—Acabará facendo unha desgraza —seica dicía o pai de Noa cada pouco tempo á hora de xantar ou na cea.

Ela falounos algunha vez del pero cadrábanos demasiado lonxe para que nos transmitise algo máis ca un punto efémero de curiosidade.

Entre xogos e discusións chegamos á conclusión de que nos tiñamos que afiliar ao partido do Choupín, un rapaz grandísimo de oitavo a quen todos queriamos ben porque sempre defendía aos máis pequenos no autobús cando os grandes nos querían quitar o asento ou metérense con nós. O partido chamábase «Paz na Escola» e fundárao o seu irmán catro anos antes, cando era titora do seu curso unha profesora a quen todos chamabamos A Pomba porque era a coordinadora das Escolas Asociadas para a Paz. Pero non conseguimos unanimidade na clase porque as rapazas (agás Noa) querían votar ao partido da Gata chamado «Mulleres AdiAnte», que baseaba a súa campaña en intentar ser a primeira presidentA (así o escribía ela) do goberno do Colexio. Aínda había outro partido («Por un Colexio Mellor») pero tivera moi poucos votantes nas pasadas eleccións e nestes momentos había tres ou catro alumnos pelexándose por ser o líder.

Unha semana antes da votación Choupín reuniuse no recreo con todos os candidatos a deputados do seu partido. Había que pór en marcha a campaña e pedíanos ideas. Durante o xantar falei co avó deste asunto e pola tarde, no alpendre de Chuco, expúxenlle ao grupo as «miñas» ideas.

—Choupín quere que lle levemos cousas que ofrecerlles aos nosos electores.

—Pois non sei eu que podemos idear porque xa está todo inventado —comentou Noa.

—O que molaría sería poderlles ofrecer máis recreo, máis vacacións, ou cousas así —dixo Chuco.

Eu non seguín a broma, ou se cadra non era broma, porque Chuco era moi a boa fe e apenas tiña sentido do humor; rara vez contaba un chiste e cando o facía quitáballe a graza, como cando nos contou aquel tan coñecido:

—¿Sabedes cal é o animal que é dúas veces animal? Pois o gato, porque é gato e rabuña.

Rimos tanto que el estaba todo contento pensando que o chiste era boísimo.

Adoptei unha postura seria e solemne para dicir:

—Xa sabes que o goberno non se pode meter niso pero hai unha morea de cousas nas que si podemos influír; temos que centrarnos nelas e ver qué queremos facer. Tede en conta que A Gata vai ter moitos votos das rapazas.

—A min vaime custar máis dun desgusto votar ao Choupín porque son a única da clase.

—Es a única que sabe —sentenciou Antón. Noa mirouno cunha ollada tímida de aprobación, el devolveulla e logo dirixiuse a min:

—O que pasa, Lelo, é que iso que dis está moi ben pero o caso é atopar algo novo que o goberno poida facer.

Antón estaba no certo. As competencias do goberno eran necesariamente limitadas e, despois de cinco anos de existencia, non resultaba doado propor nada orixinal. O habitual era que se retomasen todos os anos as mesmas propostas, como moito con algún pequeno matiz. Pero eu tiña algo realmente novo. Deixei transcorrer uns segundos antes de contestar, como se estivese nese intre matinando o que había de dicir; antes non o facía, pero dende que fun vivir co avó virouse un costume en min este tipo de actuacións que tiñan por obxecto vender como miñas as ideas que el me proporcionaba.

—Claro que hai cousas novas. A min ocórreseme pedirlles aos profes un control de deberes.

Quedaron todos mirando para min con cara de non entender o que quería dicir, ou de incredulidade, e seguín:

—Si, home, si; xa sabedes que do que máis se queixan os maiores é de que os profesores non teñen en conta os deberes que poñen os outros e ás veces xúntaste cun mogollón de traballo. ¿Ou non é así?

—Si, si —interveu Xolas moi animado—. Meu irmán tense queixado moitas veces. Un día cadráronlle tantos deberes xuntos de todas as materias que miña nai foi falar co titor e aprazáronllos.

—Meu pai non se preocupa desas cousas; di que se me poñen moitos deberes, que me zafe como poida que el non está para perder o tempo nesas paparruchas —asegurou Chuco.

—¡Que pai máis guai! —exclamou Antón, con envexa—. Entón, con non facelos xa está. Pois o meu non me deixa saír ata que os acabo.

—É que meus pais traballan moito e non se poden parar nestas chafulladas —aclarou—. Como teñen negocios...

A discusión estaba a piques de discorrer por camiños distintos aos que me interesaban e tiven que cortala e levala de volta ao rego.

—O caso é que normalmente os deberes hai que facelos e, se os profes se pasan, podemos ter aí un problema.

—De acordo, é un problema —terzou Pisco—, pero non sei qué podemos facer nós.

¡Por fin! Xa pensaba que non mo ían preguntar nunca. Aclarei a voz para que soase importante e dixen, como quen o ten todo dominado:

—Que poñan xunto co parte diario de incidencias unha folla de control semanal de deberes na que cada profesor anote os que pon.

Por un intre todo quedou en silencio, como se un éxtase colectivo se instalase no recinto. Había caras de non entender nada e por iso aclarei.

—Si, home, si. Uns profes non saben os deberes que nos mandan os outros. Se se anotan pódenos controlar mellor e non pasarse.

—Pero con anotalos non arranxan nada porque non os van escribir todos para que os outros saiban se son moitos ou poucos —protestou Xolas.

Sabía que mo ían dicir e sabía que ía ser Xolas, por iso respondín rápido:

—O profe anota, no día no que os hai que entregar, o tempo aproximado que leva facelos. Deste xeito decátanse de se hai moitos ou poucos deberes e poden pór máis ou menos.

A idea pareceulles estupenda e quedamos en proporlla a Choupín. Tamén acordamos pedir que se nomeasen responsables de autobús, entre os maiores, para que non houbese tantos abusos sobre os pequenos, e estabamos seguros de que o noso líder ía acoller con gusto esta idea. E ademais fixemos unha lista das cousas de sempre para que non nos esquecese nada: propostas de excursións, quendas para a limpeza do patio e a recollida de papel para reciclar, organización dos campos do recreo, mediante liguiñas entre cursos, para que todos puidésemos usalos, participación na organización das festas do Colexio, especialmente na de fin de curso, etc.

Cando nos puxemos a anotar en limpo todas estas suxestións, Xolas, que sempre era o encargado das escrituras, protestou:

—Todas estas cousas escusabamos escribilas porque son as de todos os anos.

Eu tamén pensara niso e chegara a unha conclusión clara:

—Si, pero deste xeito a nosa lista é máis longa e quedamos moito mellor. Temos que darnos a

Se queredes ter
menos deberes,
Vota a Andrea
para presidenta.
As mulleres
gobernan mellor
Se querede
menos deb
debedes vo
CHOUPI

valer dende o principio se queremos que nos fagan caso.

O argumento resultou convincente e puxémonos mans á obra.

Ao día seguinte tivemos reunión de volta co Choupín e cando eu lle lin a lista de propostas que levaba abriu moito os ollos e dixo que iso dos deberes ía ser o prato forte da nosa campaña.

E así foi. Confeccionamos unha chea de carteis nos que se destacaba esta petición sen esquecer as outras. O noso eslogan era: «Se queredes ter menos deberes, debedes votar Choupín». O da Gata era máis pragmático: «VotA A AndreA pArA presidentA. As mulleres gobernAn mellor». Os As maiúsculos eran, en realidade, triángulos, e o fondo dúas mans abertas xuntas formando esa figura cos dedos índices e polgares. A diferenza do noso candidato, ela nunca utilizaba o seu alias. O alcume do Choupín era familiar e usábao con orgullo, como quen enarbora o brasón da súa nobreza, pero á Gata non lle gustaba nada o seu; supoño que xa non lle importará, e mellor lle fora disimular, porque canto máis se enfadaba máis se consolidaba o tal alcume, igual que se estivese loitando por saír dunha poza de areas movedizas.

Os recreos e os espazos entre clases daqueles días estaban cheos de nerviosismo. Moitos rapaces achegábanse a nós para darnos o seu apoio e gabar a idea de controlar os deberes, de modo que estabamos seguros de que iamos gañar as eleccións. O terceiro partido case non contaba, aínda que ao final conseguiran pórse de acordo no líder. Non obstante, non tivemos en conta que había máis rapazas que rapaces; os votos deles dividíronse entre dous partidos, aínda que foron a maioría para o noso; os delas recolleunos todos (coido que coa única excepción de Noa) a Gata, que conseguiu así ser a primeira presidentA do goberno.

O primeiro que fixo foi nomear a Choupín Conselleiro de Educación e Cultura, pois quería que levase adiante a idea dos deberes. Foi o único rapaz conselleiro, pois o resto eran do partido da Gata, todas mulleres. O novo goberno foi presentado oficialmente o primeiro día de reunión do Parlamento.

Todos os cursos da segunda etapa tiñamos unha sesión dedicada a Titoría, que cadraba o mesmo día e á mesma hora. Aquel ano era o xoves despois do recreo, lémbrome ben. Un día ao mes esa hora destinábase a reunión do Parlamento, mentres que o goberno podía utilizar todas as titorías que necesitase. O Parlamento estaba formado polo goberno, tres deputados por cada curso da segunda etapa, os compoñentes do equipo gobernante, que eran á parte, e o delegado do claustro, que tiña voto e, ademais, veto parcial (para aprazar unha decisión). O director non tiña voto, pero si veto absoluto, se ben non o utilizaba case nunca. Nos tres anos nos que fun deputado soamente vetou un acordo. Ás sesións do Parlamento podían asistir os profesores e os alumnos de segunda etapa libremente e tamén os de primeira etapa acompañados dos seus titores.

Aquel primeiro día de Parlamento estabamos moi nerviosos, e máis a Gata, que tiña que dicir un discursiño segundo era costume. A sala de Usos Múltiples estaba a tope; ninguén, nin profesores nin alumnos, quixo perder a presentación do novo goberno e, sobre todo, o adianto de programa que tiña que facer. A Gata, que sempre se mostrara tan decidida, sorprendeunos a todos co seu estado de nervios, que a facía falar cun fío de voz e ademais tatexando; pero axiña se recuperou e conseguiu presentar aos seus conselleiro e conselleiras. Cunha vocación innata de reivindicación feminista, falaba empregando sempre os masculinos e femininos, e se algunha vez lle esquecía dominada polo costume, volvía repetir corrixíndose.

—Queridos profesores e profesoras, compañeiros e compañeiras: quérovos presentar este novo goberno formado por min, Andrea, un conselleiro, Darío, e seis conselleiras, Jennifer, Uxía, María, Romina, Jessica e Xiana. Esperamos facer o mellor para o Colexio coa axuda de todos, alumnos e alumnas, profesores e profesoras e pais e nais. E agora os conselleiros e conselleiras vanvos dicir as ideas que teñen...

O último en falar foi Choupín. As súas compañeiras de goberno foron breves; unha púxose tan nerviosa que non foi capaz de dicir nada e a maioría limitouse a recitar unha lista de cousas que se viñan facendo todos os anos. Choupín falou temperado e o seu anuncio máis importante foi, por suposto, o control dos deberes. Eu estaba pendente da reacción dos profesores, pero non houbo sorpresa porque, ao ver os carteis, durante a campaña, preguntáranlle ao Choupín por ese asunto e xa o debían ter falado entre eles porque o seu delegado tomou a palabra ao final para desexarnos sorte e referiuse a este tema cun ton de simpatía.

2

O libro que nos mandou Cocoliso está guai, ¿eh? —dixo Xolas, o máis lector do grupo.

—Eu aínda non o rematei, pero non está mal. Eses rapaces robinsóns estano pasando bárbaro —comentou Pisco.

—Agora que xa non chove, podiamos nós facer unha cabana coma aquela, nun sitio secreto que ninguén saiba.

A idea de Noa animounos enseguida. Realmente actuou coma un resorte que puxo inmediatamente en tensión os nosos cerebros; case se podía escoitar o enfebrecido bulebule das neuronas procesando o excitante estímulo recibido, acomodando datos arquivados, elaborando propostas.

—¡Que boa idea! Tes unhas ideas fenómenas.

Antón mirábaa con arroubo mentres falaba e ela baixou os ollos con certo desacougo. Non era a primeira vez que nos metiamos con eles por culpa deste tipo de cousas.

Pero nesta ocasión estabamos entusiasmados co asunto da cabana. Nós tiñamos moi claro que eramos un grupo diferenzado, aínda que non o soubésemos explicar con palabras. Por iso botabamos de menos, sen sabelo, os elementos que concretasen esa diferenza. E un deles acababa de amosársenos de forma diáfana grazas á intuición de Noa. Esa necesidade fíxose de súpeto tan patente que ata o menos espelido do grupo caeu inmediatamente na conta de canta falta nos facía ter unha sede propia.

—Claro que si. Meu pai ten unhas táboas vellotas que levantou do piso o ano pasado cando lle botamos a planchada á casa e o outro día oínlle dicir que hai que queimalas, que non valen para nada. Eu coido que se llas pedimos dánolas —dixo Chuco, e inmediatamente foi ao fondo do alboio no que deramos en reunirnos, a pesar de que o tempo mellorara moito, e volveu con unha, que valoramos como estupenda para os nosos propósitos.

A idea, pois, contaxiounos a todos de inmediato. ¡Como non se me ocorrera a min antes! Tiña que tomar as rédeas enseguida se non quería perder puntos no meu afán de consolidarme como líder.

—O primeiro é buscar un sitio axeitado —mediei eu—. Indo para a casa do avó hai un mato pequeno de mimosas e coido que é del. Se a facemos dentro do mato non a descobre ninguén porque ademais por alí apenas pasa xente.

Visto dende a miña perspectiva actual, paréceme claro que Pisco disputoume durante algún tempo o liderado, por iso se me repuña enerxicamente de vez en cando. Pero debo recoñecer que, se foi así, aceptou, non obstante, nobremente o resultado da loita. Talvez eu non tivese a mesma resposta, en caso de perder.

—¡Que listo! E ademais queda preto da túa casa ¿non si? Xa te vexo vir —espetoume.

—¡Iso non é certo! Queda no medio do camiño entre a miña casa e as vosas. Pero o que importa é o sitio. ¡Se sabes outro mellor, dío!

—Lelo ten razón, Pisco —Xolas era sempre o encargado de pór paz entre estes dous xenios vivos que eramos Pisco e mais eu. Mirábanos con aqueles ollos enormes de boi manso e nobre que destacaban nunha cara redonda de pequeno nariz e labios grosos, tan sonrosados como as fazulas, e falaba con máis parsimonia aínda da que era habitual nel—. Para buscar un sitio coma ese teriamos que ir ao monte e iso quedaría moito máis lonxe para todos.

Sen seren pequenos, Chuco e Xolas eran os máis baixos do grupo, pero completamente distintos. Mentres aquel, ancho, forte e de faccións angulosas, podería amedrentar a quen non o coñecese, este, con moito menos corpo, ía sempre rodeado dunha auréola de paz.

Por iso estivemos os seis de acordo enseguida; por iso e porque tanto a Pisco como a min o xenio pásanos nun plis-plas e volvemos ser tan amigos. Xa que logo, decidimos ir alá para coñecer o sitio e observar as súas posibilidades.

A estrada xeral, que, a pesar do nome algo pretensioso, máis parecía un camiño asfaltado retorto e sen beiras para os peóns, dividía a nosa aldea en dúas partes. Os meus amigos, e antes eu, vivían na que estaba preto do mar, mentres que a miña casa actual (do avó, claro) estaba pegada ao monte. A división fixérase máis aguda recentemente coa construción da autoestrada. Menos mal que na área que habitabamos os compoñentes do grupo pasaba elevada sobre enormes columnas e non estorbaba para nada as nosas andainas.

Tivemos que atravesar a estrada, coller o camiño da fonte, deixala atrás e empezar a subir unha costa suave bordeada de parras. Cando xa enxergabamos a casa do meu avó, cortamos á esquerda por un carreiro lamacento que morría contra o valado doutro camiño que discorría perpendicularmente, por riba do cal se estendía unha masa suave e verde, como unha mancha agarimosa na monotonía dos campos cultivados, que nos pareceu ideal para os nosos propósitos.

—Ata ten a entrada disimulada, porque a ver quen vai pensar que detrás do valo hai algo máis ca mimosas —argumentei, tratando de darlle valor á miña idea.

Entramos no interior mesto do mato e gustounos tanto que empezamos inmediatamente a facer sitio para a cabana. Había unha especie de calva oculta ideal para as nosas pretensións, se non fose porque do medio e medio saía o tronco dereito dunha acacia aínda nova que reivindicaba orgullosa aquel espazo. Axiña atopamos a solución: cortala. Claro que había que obter o permiso do dono, meu avó. Eu falaría con el, Chuco co pai pola madeira, todos trataríamos de conseguir ferramenta e cravos e veriámonos alí mañá á hora de sempre.

Como aínda quedaba bastante tempo para volver para casa, recordeilles que de alí a dous días había reunión do Parlamento e como «eu me considero sobre todo o voso representante» —adoitaba dicirlles— pedinlles ideas para levar á sesión. Ninguén pensara niso e non tiñan encargos que facerme, á parte de que, despois do asunto dos deberes, xa non hai nada novo que inventar, dixo Antón, hai que esperar a que pase algo, dixo Noa, que pense tamén un pouco a presidenta, dixo Chuco, e entón Pisco empezou a arremedar á Gata; tiña unha facilidade grande para imitar outras persoas e ademais era moi observador.

—Queridos e queridas amigos e amigas, os alumnos e as alumnas que formamos o goberno, é dicir, eu e mais os e mais as meus e miñas conselleiros e conselleiras ...

—Vaia traballón que pasa con esa teima de que a lingua é machista. Menos mal que fóra do parlamento non fala así —cortou Xolas.

—Esa teima meteulla a Pomba, a ela e a moitas outras —dixo Chuco, con reticencia.

—A verdade é que a lingua é machista —comentou con timidez Noa— e senón pensade en todos os exemplos que nos puxo a Pomba.

Antón saíu rapidamente en defensa de Noa. Seguramente xa o tiñan comentado máis veces porque argumentou inmediatamente:

—Ten razón. A nós non nos parece importante porque somos homes, pero imaxinade que alguén se dirixise ao grupo dicindo: ¿estades *todas listas?*

—Iso ninguén o pode dicir en serio, é unha parvada; unicamente por meterse con nós e entón...

Eu cavilaba no que dixo Antón. Carai, nunca o pensara así e tiña razón, por iso cortei a ameaza de Chuco.

—Se fose ao revés, que fósemos cinco rapazas e un rapaz, habería que dicir igual *todos listos;* a verdade é que pensándoo ben...

—¡Parvadas! —Chuco tíñao moi claro—. Sempre se falou así e nunca pasou nada; se non andase a Pomba a metervos na cabeza iso da lingua non..., non...

—... sexista —axudou Xolas—. *To-dos lis-tos* —pronunciaba con parsimonia e con énfase—. Estou con Lelo.

—Eu tamén —interveu Pisco—. É inxusto e non me estraña que as mulleres protesten. Eu faría o mesmo.

Noa estaba satisfeita pola nosa comprensión, pero non era optimista segundo se desprendía do que dixo:

—O malo é que isto non ten remedio. Non imos falar sempre pondo masculinos e femininos, sería un latazo.

—Pero polo menos podemos apoiar no parlamento a linguaxe non sexista da Gata. Algo de xustiza faremos, digo eu —mirei as caras dos demais e vin que todos asentían, incluído Chuco que, véndose só, optou por unirse ao grupo—. Se vos parece o día da reunión farei constar este apoio en nome dun grupo de rapaces de sexto ¿vale?

—De rapaces e rapazas —corrixiu alegremente Noa.

Todos aceptaron a miña proposta. Quedamos en pensar noutras que levar á sesión e falar diso mañá nun descanso das obras de construción da sede grupal, como acordamos chamarlle á nosa cabana arremedando a linguaxe política.

Ao día seguinte na escola estiven toda a mañá caviloso. Bulíame na cabeza unha idea («miña», por suposto) que, segundo lles dixen aos meus amigos, quería «perfeccionar» antes de contárllela, pero podía ser moi interesante. Era sobre a linguaxe non sexista da que falaramos onte, da que eu pensaba que era imposible modificar a base de usar sempre masculinos e femininos e estaba á procura dunha solución máis efectiva. Os amigos estaban moi intrigados e intentaban tirarme da lingua, pero eu mantívenme firme e non lles dixen máis nada. Tiña que estudar ben a idea e non era cousa de adiantar nada...

—Porque se cadra non atopo solución axeitada ningunha —rematei.

Estaba desexando chegar á casa e falar co avó para ver como se desenvolvera a «miña» idea.

Ás catro estaba Chuco co irmán, Breixo, no mato de mimosas agardando para descargar a baca do coche do pai, chea de táboas vellas. Puxémonos mans á obra e antes de rematar xa estaban os outros a axudarnos. Todos menos Xolas, que se atrasaba contra o seu costume. Cando rematamos a descarga Breixo interesouse pola nosa cabana e contounos que el e os seus amigos tamén tiveran unha, pero estaba nas pólas dun carballo. Apareceu entón na curva do camiño a figura de Xolas, que non viña a correr, como era de esperar, senón con aspecto canso a tirar do seu carro de bólas no que transportaba unha caixa enorme de ferramentas. Decatámonos entón de que ninguén trouxera, como quedaramos.

—Meu pai deixoume a súa caixa. Aquí hai de todo —berraba, contento, mentres se achegaba.

—Menos mal —dixen eu— porque a nós esqueceunos a todos traelas. Se non é por ti non facemos nada hoxe.

Entramos todos na calva interior con ánimo de empezar a traballar, pero non sabiamos por onde. Breixo decidiu entón botarnos unha man e grazas a el arrancamos. A acacia resultou indultada polo progreso, grazas ao avó, e decidimos deixala no medio como se fose unha columna que nos axudaría a soportar o tellado. Hoxe recórdoa coma un símbolo de vía alternativa respectuosa coa natureza, tan pouco frecuentada.

As táboas, aínda que eran vellas, estaban enteiras e encanaban ben unhas nas outras, o que nos facilitou moito o levantamento das paredes ao tempo que lles deu consistencia. Ata decidimos pórlle unha porta con pechadura e todo cando Breixo nos dixo que el tiña unha gardada de cando os pais cambiaran a do corredor. Só tiña unha chave pero podíanse facer copias. Iso tería que ser outro día porque hoxe non había tempo nin material. Cando Breixo marchou (despois de prometer que gardaría o segredo) as paredes quedaron levantadas e o oco da porta feito.

Pareciamos todos cansos e eu desexaba que estivésemos sós para contarlles cal era a solución que atopara no asunto aquel da lingua. Sentamos no chan, pero dentro da nosa cabana, coas costas apoiadas contra as paredes acabadas de construír, orgullosos da nosa obra.

—O piso non vai ser difícil de colocar, porque a terra está bastante chan aquí dentro; pero o tellado xa son palabras maiores —comentou Pisco, empequenecendo os ollos como quen lle está a pasar revista mental ás dificultades.

Algúns avogaban porque quedase aberta pero axiña estivemos todos de acordo en que unha sede sen teito molaba moitísimo menos. A solución era recadar a intervención dun maior para que entre el e Breixo fixesen a obra, coa nosa axuda, claro.

—Pero ten que ser entre mañá e pasado porque despois meu irmán ten que ir ao hospital a facer un «escarnio» e...

Non puido rematar a frase esmagado polo rebumbio que armamos a base de risadas e tomaduras de pelo. Pobre Chuco, non sei como se atrevía a seguir abrindo a boca.

O caso é que, entre bromas e veras, quedou claro que Breixo marchaba axiña para a mili e antes tiña que ir ao Hospital facer un escáner. Había que darse présa. Quedamos en falar todos cos nosos pais pero o candidato máis claro era meu avó. E, efectivamente, nos días seguintes axudaría a Breixo co tellado.

Eu retomei o tema que me interesaba e, despois de pedir atención dixen, pondo suspense no ton:

—Xa teño ben pensada a proposta aquela.

—Pois dispara, que eu morro de ganas de sabela —case berrou Pisco.

—Ademais terémola que aprobar nós, posto que se a levas ao Parlamento, falarás no noso nome ¿non si? —atreveuse a dicir Noa.

—Tes razón —mediou, rápido, Antón—. Pero estou seguro de que imos estar de acordo. Veña, fala.

—Pois veredes. Hai palabras que se refiren a cousas que teñen sexo e outras non. Mesa é feminino porque cadrou así pero non é nin macho nin femia —empecei.

Xolas asentiu con xesto de ter esas cousas moi claras:

—Naturalmente. Un animal ou un home ten sexo pero as cousas non. ¿E que?

—Pois que o problema está sobre todo nas palabras que tratan de animais ou persoas e só cando se refiren a un grupo deles no que hai machos e femias, porque entón usamos o masculino sexa cal sexa a composición.

—Claro, e é aí cando as mulleres protestan —Chuco falou con certa sorna, e saltou enseguida Noa:

—E con razón.

—Claro que con razón —mediou Antón—. Niso xa quedamos de acordo onte. ¿E como se arranxa iso?

Calei uns segundos saboreando a expectación que causaba a miña exposición e expliquei, cun

10 alumnos
+
14 alumnas
=
24 ALUMNES

certo ademán de superioridade, como faría o sabio na corte dun rei grego ou o mago dunha tribo africana:

—Abonda con facer que as palabras rematen sempre en *-os* ou en *-as*, segundo falen de machos ou de femias. E que cando se refiran a un grupo no que hai de ambos, rematen en *-es*.

Quedaron todos calados con cara de non comprender. Debían de estar pensando no que lles acababa de dicir e buscando unha aplicación concreta para aclarar as ideas. Déillela eu a seguir, como xa tiña calculado facer.

—Por exemplo, na nosa clase hai 10 *alumnos* e 14 *alumnas* o que fai un total de 24 *alumnes*. Cos adxectivos e determinantes faise o mesmo e diremos: os alumnos altos, as alumnas altas, es alumnes altes.

Xolas foi o primeiro en saír do estupor que, evidentemente, causara a miña proposta:

—Pero iso supón modificar o idioma. ¿Ti coidas que iso é posible?

—Non creo que sexa doado pero máis difícil é estar dicindo sempre os masculinos e os femininos.

—Pois a min paréceme guai —interveu Pisco—, e aínda que non vaia adiante é unha proposta moi orixinal.

—Á Gata vaille gustar, seguro —dixo Noa—, e a min tamén me parece estupenda. Eu digo que se faga.

—Eu vexo un problema —dixo (tiña que ser el) Xolas—. Rapaces, por exemplo, é unha palabra que remata en *-es* pero é masculina. ¿Que facemos con ela?

Menos mal que o tiña ben estudiado e puiden responder axiña:

—Terémonos que afacer a que o masculino é *rapazos,* e así con todas: profesoros, conserxos, etc. É un problema de costume, só iso.

Xolas insistiu en que lle parecía moi difícil que se tivese en conta unha solución que implicaba cambiar o idioma pero mostrouse de acordo, igual cós demais, en propolo no parlamento. Despois de falar un pouco máis de todo isto e de escoitar a Pisco arremedar á Gata utilizando a nova lingua non machista, recollemos todo, agachamos as táboas que sobraran e quedamos para o día seguinte á mesma hora para rematar a obra.

O outro día era xoves e había reunión do Parlamento. Non me chegaba a hora para expor a nosa proposta, aínda que me daba un pouco de medo a acollida que ía ter. O grupo animoume e no recreo, a petición miña, fixemos un papel que asinamos todos e que dicía así:

Os rapaces e rapazas que asinamos este papel apoiamos a proposta de lingua non sexista que vos vai explicar Manuel Caeiro.

Pero pouco antes de entrar, por suxestión de Noa, decidimos cambiar a redacción:

Es rapaces que asinamos este papel apoiamos a proposta de lingua non sexista que vos vai explicar Lelo.

Deste xeito sentíame con máis forza para afrontar a reacción *des compañeires deputades.*

E a reacción non puido ser mellor porque a Gata entusiasmouse coa idea e púxoa en práctica inmediatamente, de xeito que mesmo antes de que os demais debatesen sobre ela, xa empezou a usar a nova linguaxe non machista. Foi ela quen promoveu que o Parlamento a adoptase como lingua cooficial e contaxiou o seu entusiasmo de tal xeito que nun plis-plas quedou aprobada esta moción por unanimidade. Dende ese día foi utilizada habitualmente nas sesións, con maior ou menor habilidade, e foi o vehículo preferido para a redacción das actas. Sen que se acordase de xeito oficial, empezamos a chamala todos Galegue.

3

No día seguinte rematamos a cabana grazas á axuda de meu avó, pero sobre todo de Breixo, que lle colleu afección e notábase que se divertía dirixindo as obras; ata se ofreceu a facernos copias da chave da pechadura, despois de que demos colocado a porta vella que nos proporcionou, sempre e cando lle désemos os cartos que custaban xa que á mañá seguinte tiña que ir á vila...

—Xa, a facer un escarnio —dixo Pisco en voz baixa pero suficiente para que Chuco se decatase e se enfurruñase.

Marchamos todos buscar o diñeiro porque era unha oportunidade única, dado que un par de días despois tiña que se incorporar ao servizo militar.

As primeiras tardes a seguir desta tiveron a emoción do gozo dunha propiedade que colmaba os nosos desexos. Nunca imaxinaramos que chegariamos a ter unha cabana así, con paredes e teito e porta ¡e chave! Todos queriamos chegar de primeiros para abrir a porta, agás Noa que nunca intentou ese protagonismo, nin outros tampouco; estaba sempre nun segundo plano sen dicir a primeira palabra nin a última. O seu aspecto parecía estar deseñado tamén para non destacar. Era guapa pero dunha beleza serena; cara redondeada sen trazos salientables, media cabeleira castaña e lisa, estatura mediana e máis ben delgada, roupa frouxa e informal que disimulaba as suaves curvas anunciadoras da súa entrada na adolescencia. Non obstante, se lle interceptabas unha ollada, que ela afastaría, seguramente, podías adiviñar na profundidade duns ollos intelixentes unha vontade rexa e decidida.

Dentro da cabana apalpabamos as paredes con deleite, gababamos o seu acabado, mediamos unha e outra vez os pasos que había para salientar sempre o grande que era e diciamos que o único defecto era que estaba baleira. Cumpría conseguir como fose unhas sillas e, se era posible, tamén unha mesa. E finalmente conseguímolas. Os tíos de Noa tíñanlle alugada unha casiña pequena a un capataz que viñera para as obras da autoestrada un ano atrás e agora marchaba para outro sitio. Coidara tan pouco a casa coma os mobles, de tal xeito que o novo inquilino, que neste caso era o fillo do dono, recén casado, tivo que tirar a maior parte deles e retocar e pintar toda a casa.

—É como se houbese estado Atila —comentara, entre irado pola desfeita e feliz polo casorio.

Había seis cadeiras co tapizado todo rachado e medio desencoladas; e tamén había unha mesa pequena con máis caruncho que madeira pero que se tiña de pé e ata tiña un caixón. Cando Noa nos falou deste tesouro marchamos todos alá a pedirlle ao seu curmán que non as tirase, con tan boa sorte que nos dixo que as levásemos canto antes mellor, e xa empezamos a carrexar nelas. O malo foi a mesa, non entraba pola porta e tivemos que desmontala con moitísimo medo a que se nos quedase nas mans. Pero ao final conseguímolo.

—Agora temos unha sede grupal completa —dixo Pisco—. O chan está un pouco inclinado pero é ampla e amoblada.

A mesa montarámola arrimada ao tronco da acacia, co cal semellaba sólida. As cadeiras puxémolas todas arredor da cabana. Todos contentos, sentamos nos nosos sitios gozando do éxito conseguido e comentando as excelencias dos mobles, o que nos deu motivo para rir a gargalladas e tomarlle o pelo a Chuco cando dixo:

—Pois a mesa está moi ben pero que moi ben. Se ata ten tiradores «aniquilados»...

Despois dalgunhas burlas, incomodos e postas a ben, decidimos pensar seriamente no caixón que tanto lle gustaba a Chuco.

—O malo, Chuco, é que os teus tiradores non valen para nada porque non temos ningunha cousa para gardar dentro. É unha mágoa que estea baleiro —comentou Xolas.

Eu xa pensara niso tamén pero non se me ocorrera nada e así o dixen:

—Tés razón pero polo de agora parece que non vai ter utilidade ningunha. Xa veremos, en calquera momento pode sernos útil. Temos que pensar algo entre todos.

Chuco tomouno ao pé da letra, como tantas veces, e despois de dicir: «¡Pois veña, todo o mundo a pensar!», adoptou a actitude de quen se concentra profundamente nunha meditación. Algúns dos outros fixeron, timidamente, o mesmo pero o meu forte era pensar na casa e intervín:

—Xa case non queda tempo porque dentro dun pouquiño temos que marchar. Que cada un pense neste asunto e mañá falamos.

A concentración rompeuse inmediatamente con certos xestos de alivio por parte dalgúns. Despois duns minutos de charla marchamos coa promesa de pensar.

Non os volvín ver ata o luns porque a fin de semana pasámola na Coruña cos meus tíos e primos. Cando cheguei á clase xa estaban Pisco e Antón, que me contaron cómo estiveran falando daquilo sen chegaren a ningún acordo porque a ninguén se lle ocorrera nada xeitoso.

—O único que presentou unha idea un pouco boa foi Xolas, que ten un walkie-talkie que lle botaron os reis e di que se pode gardar un dos aparellos no caixón e o outro na súa casa e así é como se tivésemos teléfono —explicou Antón.

—O malo é que só se pode falar con el e para iso ten que estar o grupo incompleto —e Pisco empezou a arremedar a Xolas—. ¡Ola, ola! Xolas chamando a grupo. Cambio.

Nese intre entraba Xolas pola porta e Pisco cambiou rapidamente de conversación. Tamén chegaron os outros e aproveitei para explicarlles a «miña» idea.

—Somos un grupo organizado ¿non si? Pois o que temos que facer antes de máis nada é pórlle un nome e logo facer uns estatutos.

—¿Que é iso dos estatutos? Sóame a política —interrompeu Chuco.

—Pero mira que es pánfilo —contestoulle irado Pisco; e engadiu, con voz finxida que trataba de ridiculizar ao seu interlocutor:

—¿E logo nunca liches os estatutos do colexio? Pois déronnolos a todos hai tempo.

Chuco víase desconcertado, como lle pasaba a miúdo, coa resposta agresiva de Pisco e entón intervín eu. Ás veces tamén me enfadaba a min a súa falta de luces pero normalmente dábame mágoa e trataba de animalo.

—Mira, Chuco, os estatutos son as leis do grupo, o que podes e non podes facer, ou o que debes de facer.

Noa acudiu na miña axuda:

—E mais o que nos fai ser membros do grupo e o que tería que cumprir un novo membro se quixese entrar. Son cousas así, escritas nun papel.

—Xa entendo. Por exemplo, que para ser do grupo hai que ser amigo de Lelo...

—Ben... —intentei protestar, pero a Chuco acendéraselle unha luz e quería aproveitala. Por iso seguiu, sen permitir a miña interrupción— ... e aguantar as bromas e non dicir que temos unha cabana.

—Algo así —era mellor non discutir con el e menos cando estaba inspirado; por iso continuei en ton triunfal—. Pois ben, facemos o noso estatuto ben escrito nun folio e gardámolo no caixón.

Todos estiveron de acordo. Xolas sería o encargado de escribilo porque era o que mellor letra facía, así que el foi tamén o encargado de levar bolígrafo e folios aquela tarde.

—Pero non vaias levar un só porque primeiro teremos que esborranchar algúns antes de facer o definitivo.

Xolas miroume como dicindo: ¿Por quen me tomas? e asentiu. No recreo volvemos falar deste asunto e quedamos en levar todos pensado un nome para o grupo e facer unha votación. Noa quedou en preparar unha caixa para que servise de urna.

—Calcula que caiba no caixón e así queda para outras veces —apuntou Antón.

—É certo. Mirade, xa temos outra cousa que meter nel. Non, se ao final imos «desaniquilar» os tiradores de tanto uso —bromeou Pisco, meténdose con Chuco, aínda que este non se decatou ou non se quixo dar por aludido.

O primeiro que fixemos aquela tarde foi votar o nome. Só había dúas propostas: a de Chuco (Os Tigres de Cobres) e a miña (Os Arriscados), que, por suposto, fórame suxerida polo avó, e gañou esta última por ampla maioría. Ao escribir ese nome sinto como un bulir de bolboretas polo corpo porque evoca con emoción unha época na que fun moi feliz e tiven moito éxito grazas á axuda e ao cariño do avó.

Enseguida nos puxemos a redactar o estatuto, labor que foi posible grazas a que eu xa estivera «pensando» niso con el. Aínda así levounos toda a tarde e quedou escrito en sucio. Xolas tivo que levalo para pasalo a limpo na casa.

Ao día seguinte presentóunolo, orgulloso, sen ningún borranchón e con liñas dereitiñas.

—É que usei un papel pautado que tiña meu pai.

Dicía así:

O grupo «Os Arriscados» está formado polos membros que están na seguinte folla.
Non poderán ser nunca máis de 10, pois senón non collerían na cabana.
A sede grupal é a cabana das Mimosas.
Todo Arriscado ten os seguintes dereitos:
— ter unha chave da cabana, sempre que a pague.

— participar nas decisións do grupo.
— convocar reunións urxentes do grupo.
— vir á cabana cando queira.
— propor a admisión dun novo membro.
Tamén ten os seguintes deberes:
— gardar o segredo da situación da cabana.
— manter a sede grupal o máis limpa posible.
— participar nos traballos que se decida facer.
— coidar a súa cadeira, arranxala ou repola se é preciso.
— saber de memoria o estatuto, por se se perde.
Para admitir un novo membro, este ten que comprar unha chave, traer unha cadeira, aprender o estatuto e ir ás alpabardas.

Iso das alpabardas tamén foi unha suxestión de meu avó, que revivía así algúns costumes da súa infancia longamente almacenados e que agora vertía en min coma cando antes as nais sacaban do baúl o traxe da voda para resucitárense na filla. Quedamos en non usar esta broma máis ca no caso de admisión dun novo socio, pois senón empezaría a ser coñecida e ninguén caería. Non nos decatabamos de que esta decisión restrinxía drasticamente as posibilidades de uso do tal rito e, efectivamente, só o utilizamos unha vez.

Esa mañá non comentaramos nada do estatuto porque houbo partido de balonmán no recreo, 6º A contra 6º B, e todos os comentarios xiraron arredor deste acontecemento, pero eu fixeime que nun momento en que a Noa e Antón lles tocaba descansar (chupar banquiño, como se dicía no argot deportivo, cousa que faciamos por rigorosa quenda) estaban falando diso. Así que non me estrañou cando, á tarde, xa na cabana, el tomou a palabra para dicir que botaba dúas cousas en falta: a primeira era que todo grupo, ademais de nome, ten que ter un xefe; e a segunda que, de acordo co noso comportamento no Parlamento, o estatuto tería que estar escrito en galegue.

—Noa está de acordo con esta proposta que vos fago; ¿que vos parece?

Todos intuïamos que non só estaba de acordo, senón que era ela a inspiradora. De todos os xeitos tiña razón e por iso acordamos axiña modificar o estatuto (co único refunfuñe de Xolas, pois tiña que volvelo escribir) que quedaba, pensamos entón que definitivamente, así:

ESTATUTO DES ARRISCADES

O grupo «Es Arriscades» está formado poles membres que están na seguinte folla. Etc.

Desta vez o Xolas escribiuno nunha cartolina e trouxo unha cinta azul para atalo e así quedou instalado dentro do caixón nun acto ao que lle quixemos dar algo de solemnidade pero o único que se nos ocorreu foi quedar calados sen saber qué facer nin dicir. Foi nese momento cando escoitamos que alguén se metía no noso mato e apareceu na porta, necesariamente aberta para proporcionarnos luz, a figura grande de Pepe Panquente, un rapazote que rematara o EXB o curso anterior e dicían que empezara a traballar de albanel en Pontevedra. Viña do médico e ía camiño da casa, nunha aldea preto da nosa pero máis metida no monte, á que se accedía en coche por unha estrada local, pero algúns camiñantes preferían atravesar o bosque próximo ao quinteiro de meu avó. Viunos entrar e decidiu inspeccionar. Era un pouco baldreu pero moi simpático e tiña sempre unha morea de amigos.

Encantoulle a cabana, encantoulle a idea, encantoulle o nome dos Arriscados, sacou un paquete de Winston e invitounos a fumar cun xesto pícaro.

—É fenomenal, xa veredes. É americano auténtico, de batea.

Todos empezamos por dicir que non, pero el insistiu tanto que ao final soamente Xolas quedou sen probar o sabor estrañamente atractivo do tabaco. Chuco foi o primeiro en aceptar:

—Eu xa teño fumado varios e non é malo. Meu irmán cóllellos a meu pai e ás veces dáme.

A súa decisión tivo a virtude de decidir aos indecisos, agás a Xolas. Cando marchou Pepe tiñamos unha mestura de excitación pola aventura e de sentimento de culpa. Houbo comentarios de todo tipo, que non era malo, que non sabía a nada, que non se entendía por qué a xente fumaba, que ¡ai! se o sabían na casa... Xolas mostrouse enfadado con nós por facer unha cousa así.

—Non é só que sexa malo para a saúde. Ademais é unha traizón porque os nosos pais confían en nós.

Cando marchamos había confusión nas nosas cabezas. As palabras de Xolas ecoaban na miña mente e ao chegar á casa o primeiro que fixen foi contarlle ao avó a experiencia tal como foi. El apenas dixo nada, se cadra unha exclamación preocupada e, botándome a man polo ombro, levoume á biblioteca para ensinarme unha colección de libros xuvenís que acababa de mercar para min. A súa voz cálida enchía o ambiente pero os seus ollos parecían navegar no infinito na procura de algo... Eu, alleo ás súas preocupacións, sentinme liberado dunha pesada carga despois da confesión, como quen esperta dun pesadelo que lle oprimía o corazón.

Os días seguintes pasaron sen que ningún acontecemento saíse do normal devalar do tempo. O único salientable era a sensación de desacougo que de vez en cando nos envolvía tras a aventura do tabaco, sobre todo cando Xolas, no seu papel de persoa responsable e reflexiva, nos afeaba a nosa conduta; entón saía a personalidade despreocupada de Chuco para quitarlle ferro ao feito cunha frivolidade tranquila, momento que aproveitaba Pisco para meterse con el e desviar a atención a outros asuntos, de xeito que ninguén, incluído eu, esperaba ningún acontecemento novo derivado do asunto aquel.

Por iso o luns pola mañá sorprendín aos meus amigos anunciándolles que á tarde tiña algo que lles ensinar con relación á aventura do martes. Tívenos en suspense todo o tempo e resistín as súas preguntas para que o experimento fose máis impactante, dicíalles, pero en realidade estaba fortalecendo o meu liderado, como se seguise o programa marcado por un asesor de imaxe.

Ás catro, cando cheguei á cabana, xa estaban todos agardando expectantes. Eu levaba unha bolsa da que saquei un aparello estraño; era unha botella de plástico cuxo fondo fora eliminado e substituído por un globo coa boca atada cun nó, cortado pola metade e pegado con cinta empaquetadora arredor da botella, facendo o efecto dunha membrana. A botella tiña un tapón atravesado por unha caniña axustada con cera derretida; o final da cana, por dentro, embocaba nun globo enteiro pegado a ela tamén con cinta;

cando un tiraba polo nó do globo que facía de membrana, o interior inchábase e, ao soltar, desinchaba. Era unha reprodución rústica do funcionamento dos pulmóns que eu dixen que lera nun libro hai tempo, aínda que fora o avó quen recordara este experimento.

Se lle puñamos un cigarro na cana fumábao espectacularmente e eu levaba un paquete para ver qué pasaba. Fixemos que os fumase todos, alternándonos en tirar pola membrana e ao final quitamos o globo-pulmón, cortámolo cunhas tesoiras que traía preparadas e observamos o resultado de fumar só uns cantos cigarros.

Unha capa viscosa e amarelenta, de aspecto noxento, cubría as paredes internas, ao tempo que un fedor penetrante nos facía virar a cara. Para rematar a estampa, uns puntos negros aparecían espallados por aquí e por alá dándolle unha aparencia verdadeiramente desagradable.

—Cómo estarán os pulmóns cando leves anos fumando —exclamou Antón.

—Xa volo dicía eu —remachou Xolas, con aire triunfal—. Ademais dunha traizón é malo para a saúde.

—Se non o vexo non o creo. O que é eu non volvo acender un pito —dixo Chuco.

Eu levaba preparada tamén unha proposta pero fixen parecer que se me acababa de ocorrer, para o cal quedei trasposto un instante e despois falei:

—Estou pensando que podiamos engadirlle un artigo máis ao estatuto comprometéndonos a non fumar.

—¡Ben pensado! Desa maneira lembraremos sempre esta experiencia —animoume Pisco.

—E xa postos —continuei— podémonos comprometer tamén contra o alcohol e a droga.

Todos asentiron e Xolas escribiu un novo artigo ao final do estatuto para non ter que repetilo. Dicía así:

Es Arriscades non fumarán nin probarán alcohol nin droga de ningunha clase, quen o faga será inmediatamente expulsade do grupo.

No outro día fixemos a votación para elixir o xefe daquel ano e tiven a enorme satisfacción de ver que todos me votaron. Eles non sabían que as ideas que eu traía eran emprestadas.

4

Iso son paparruchas, a Santa Compaña non existe —dicíalle Xolas a unha rapaza da clase, empeñada en que a súa avoa vira unhas luces por onda a casa vella do monte.

—Na clase do meu irmán tamén andan a dicir que esta fin de semana andou a Santa Compaña pola casa abandonada —interveu outro compañeiro.

—Viron visións porque nesa casa hai moitísimo tempo que non vive ninguén, nin o meu avó a recorda habitada —dixen eu, saíndo en axuda do Xolas.

O rumor da Santa Compaña seguiu espallándose pola escola e aquela mañá era frecuente oír falar dela. Nós estivemos todos de acordo en que eran parvadas e decidimos investigar. Esa tarde marchamos animados cara ao monte alto e, despois de deixar atrás a nosa cabana e a casa do meu avó, andamos a congostra que desemboca no souto, atravesámolo e rodeamos a aba para acometer a subida pola parte de atrás. Ao cabo dunha hora tivemos a casa en ruínas a douscentos metros de nós.

A paisaxe que se contempla dende aquelas paraxes é única. A aba do monte, ata o souto, é un panasco que semella un manto de veludo verde. As copas dos castiñeiros en plena produción froiteira rompen a monotonía suave con bruscas pinceladas de verdes fortes salpicados polas manchas claras dos ourizos a punto de regañar. Máis alá, a casa solitaria do meu avó sobrancea orgullosa un quinteiro no que abundan as viñas, coas follas aínda verdes, e as hortensias azuis e avermelladas para dar paso a unha morea de fincas que se entrelazan nun mosaico infinito máis alá do mato da mimosa; por fin un conxunto desordenado de casas de pedra asómase orgullosa a aquel mar que tanto aman, que tanto odian ás veces.

A vista esténdese aínda moito máis alá, camiñando sobre o noso mar e sobrevoando a illa dos buxos case milenarios que gardan a pegada de Mendiño, o trobador que cunha soa composición é universalmente coñecido a xulgar polo número de linguas ás que foi traducido. E gabea polas montañas da banda do mar, inzadas de pequenas vivendas amoreadas; e choca contra a ponte de Rande, orgullosa cristalización da técnica que lle confire ao home o poder de vencer ao medio natural, e fachendosa porta da grande e moderna cidade que se albisca máis lonxe.

Mentres me aproximaba a aquela casa arruinada non pensaba en absoluto na beleza da paisaxe porque cando algo habita constantemente diante dos teus ollos só te preocupas de afastalo para ollar a vida, sobre todo se tes once anos. Tampouco pensaba nas terribles condicións que debeu soportar a familia que vivira naquela morada, tan lonxe do mundo, nunha época na que o carro de bois sería, seguramente, o seu único medio de transporte. Para nós a casa abandonada existía como tal, sen máis, como existía a pedra do rascacús e a ninguén se nos ocorrera tampouco meditar no porqué da suavidade daquel penedo deslizante polo que nos gustaba tirarnos de vez en cando.

A medida que nos achegabamos á nosa meta o medo, esa pantasma gris que está sempre á espreita, empezou a metérsenos no corpo. Eu tiña que aparentar enteireza porque era o xefe e non podía defraudalos.

—Miña avoa di que de pequena ollou a Santa Compaña de lonxe máis dunha vez —tatexou Chuco, que non o tiña moi claro. Estaba da nosa parte cando defendiamos que iso eran paparruchas pero o subconsciente traizoábao a miúdo. Unha ollada unánime de condena fíxoo rectificar, e aventurou:

—¿E se un animal salvaxe ten o niño alí?

—Aquí non hai animais salvaxes e se os hai son pequenos e non nos poden facer nada —dixen eu, superando o medo.

—Xa, pero antes había lobos. Ao mellor volveron aparecer —falou Xolas e todos paramos, preocupados por esa posibilidade.

Pisco era o máis valente do grupo e animounos a seguir:

—Os máis vellos xa non recordan que houbese lobos aquí. ¿Como pensades que puideron volver? Iso é imposible.

Antón non quería aparecer covarde diante de Noa e apoiou o razoamento de Pisco:

—Os lobos desapareceron de aquí e de case todos os montes de Galicia hai anos. Nesa casa non pode haber nada raro e non temos por que ter medo.

—Pois adiante —dixo Noa para deixar quedar ben a Antón.

E proseguimos a marcha máis amodo e distanciándonos un pouco uns dos outros. Diante iamos eu e mais Pisco, un por xefe e outro por valente; detrás Antón e Noa que se querían demostrar valor mutuamente; e máis atrás Chuco e Xolas, que se paraban de cando en cando a recordar as xogadas do partido do domingo, coma quen que era por iso polo que ían amodo.

Ao chegarmos á fronte da casa incrementamos as precaucións e avanzabamos coma quen vai esquivando ovos para non facer ningún ruído. Eu e mais Pisco asomamos o nariz por unha ventá da que saían unhas silvas e non vimos nada estraño, o que nos decidiu a entrar por unha das portas sen porta que había, mentres lle indicabamos a Antón cun aceno que fose pola outra. Cando xa estabamos dentro escoitamos arrepiados un berro que viña de fóra; era a voz de Chuco. Saímos inmediatamente Pisco e eu e atopámolo enleado nunhas silveiras e a Xolas tratando de desenredalo. Tremíalle a voz cando falou:

—¡Que susto levei! Pensei que alguén me agarraba polo xersei e non era máis ca esta peste.

—Susto déchesmo a min, que polo berro que soltaches xa pensei que te mataban —dixo Xolas, retirando a última silva do seu corpo.

—¡Tiñas que ser ti, papaleisón!

O rostro de Chuco ensombreceuse lixeiramente ante a reprimenda de Pisco pero optou por non dicir nada e amosarse moi ocupado sacudindo o xersei.

Eu suspirei aliviado porque me pasara o mesmo que a Xolas.

—Aquí non hai nada raro e non debemos de ...

Un berro espantoso que proviña do interior cortou o meu discurso e sen pensalo dúas veces corremos todos desfrechados cara á porta por onde entrara Antón, pois del se trataba. Parámonos no lintel e vímolo no chan con cara de susto e a Noa partíndose de risa. Naquela entrada había un banzo de madeira podre que cedeu nada máis pisalo e deu con Antón no chan sen que lle pasase nada. O berro obedecía máis ao medo que ao perigo en si. Botámonos todos a rir e o nerviosismo acumulado fixo que estivésemos un bo anaco sen poder parar. Cando nos tranquilizamos ollamos arredor e vimos que nos atopabamos no único cuarto que aínda tiña teito. O piso era de baldosa e conservábase bastante ben.

—Xa vedes que non hai nada nin ninguén. Iso da Santa Compaña son paparruchas —dixen por romper o silencio.

—Non hai pero houbo —puntualizou Xolas—. Mirade naquela esquina preto da ventá. Hai restos dunha fogueira.

—E aquí contra a parede está máis limpo, como se alguén o varrese —observou Pisco—. E ademais hai dúas latas de sardiñas que aínda teñen algo de aceite.

Pisco estaba cheirando unha delas, aínda que non facía falta achegalas moito. Fedían dende lonxe pero non a podre, senón a sardiñas en conserva, un cheiro penetrante e agoniante que me facía imposible nin tan sequera probalas. Dende logo a lata era fresca e a fogueira apagada indicaba ben ás claras de onde proviñan as luces que se viron o día anterior.

—Xa llelo podemos contar aos da clase. Nin Santa Compaña nin gaitas, un pobre que non tiña nin onde durmir —deducín.

—¡Eh! Mirade isto. ¿Que pode ser?

Noa tiña na man unha especie de moeda moi gastada.

Eu collina e deille voltas entre os dedos mentres todos esperaban vez para facer o mesmo. Finalmente decidimos que era iso, unha moeda gastada, e que nos serviría de recordo desta aventura e pasaría a aumentar o número de cousas gardadas no caixón da Mimosa, como demos en chamarlle á nosa cabana nun alarde de orixinalidade.

Aproveitamos o resto da tarde e o ideal do sitio para xogar ao chin-pan-pun. Os rapaces da miña época xa non sabían ese xogo, pero a min ensináramo o avó e gustárame tanto que o introducín no grupo e adoptámolo como propio. Tratábase de facer dous bandos iguais que se separaban unha distancia suficiente e despois de berrar «chin... pan... pun» desaparecían. Tiñamos que ir agachados a tratar de «matar» aos do outro bando, acto que se realizaba sen descubrirse un e dicindo ben claro onde estaba o contrario que «matabas»:

—¡Alto, Xolas! Estás detrás do carballo vello.

Se era verdade, Xolas saía ao medio do campo e esperaba alí ata que rematase o xogo coa «aniquilación» dun dos bandos. Os «mortos» pasaban o tempo xogando ás bolas ou ao trompo.

—Chuco, parecemos tiradores —díxolle Pisco, con sorna.

—¿E por que? —preguntou o rei da boa fe.

—Porque estamos aniquilados, parvo.

E comezou a meterse con el ata que o enfadou tanto que marchou el só correndo coa escusa de que era tarde.

Era tardísimo, en realidade, e aínda había moito camiño por diante para chegar á casa á hora. Tivemos que volver correndo e xa non quedou tempo para irmos á cabana. Encargáronme a min, que me cadraba de paso, que deixase a moeda-trofeo na Mimosa, pero non quixen demorar máis e leveina para a casa. Cando a viu o avó dixo que parecía moi antiga e que non a perdese porque sempre tería certo valor.

A mañá do día seguinte foi desas que tanto nos gustaban porque se rompía o ritmo normal de clases e faciamos algo distinto. Os de oitavo saíran a investigar a sucidade e contaminación da costa porque o colexio colaboraba nun proxecto europeo chamado Coast Watch e había que mandarlles todos os anos, pola mesma época, datos sobre o estado do anaco de litoral que tiñamos asignado. Distribuíanse en grupos de cinco ou seis e cada un, cun profesor á fronte, examinaba cen metros de costa tomando nota de todo o que atopaban (xa había uns impresos preparados para facilitar o labor) e recollendo mostras das augas que vertían no mar. Logo, xa no colexio, había que refundir todos os datos obtidos e analizar a auga recollida. Todo o proceso remataba practicamente á hora de saír, polo que os sextos e mais os sétimos non tiñamos profesores en toda a mañá e cada curso estaba encargado dunha tarefa da que era responsable, se ben había un mestre que ía de clase en clase por se se presentaba algún problema.

A nós tocounos artellar todo o relacionado coa reciclaxe de papel e por iso Uxía, a conselleira de Conservación e Reciclaxe (unha rapaza de sétimo), estivo dirixindo os traballos.

—Eu soamente vos digo o que pensamos no goberno que se pode facer e axúdovos a facelo. Se hai máis ideas, mellor. E a responsabilidade de que a xente traballe segue a ser da delegada ¿eh?

Estivemos todos de acordo e pasamos a mañá facendo carteis, un para cada aula, animando a todos a reciclar e dicindo as vantaxes que tiña e os inconvenientes de non facelo. Rótulos para os caixóns de papel usado. Caixas para o papel reutilizable por unha cara. Folios con instrucións e, por fin, outro co calendario de recollida, indicando os días e os cursos que tiñan que facelo.

A mañá pasounos voando e pola tarde, na Mimosa, volvemos falar da moeda, que me esquecera completamente ata ese momento.

—A min paréceme que pode ser valiosa porque ten pinta de ser moi antiga —dixen, afastando dos ollos a man para observala mellor como quen entende un mogollón.

—Se é vella valerá menos porque cada pouco retiran da circulación billetes e moedas e deixan de ter valor —argumentou Chuco.

—Non sexas pámpano. Deixan de ter valor para mercar pero valen moito porque as coleccionan.

Pisco sabíao ben porque tiña un tío que coleccionaba selos de correos.

—É unha pena metela no caixón porque alí nin a vemos. Era mellor colgala da parede.

Eu traía preparada precisamente esa idea pero quería que «se me ocorrese» estando eles diante, por iso quedei un pouco chafado pola saída de Xolas. Non obstante reaccionei axiña:

—Pois tes razón. Podémoslle facer un marco de canas e, como é un trofeo, escribir unha nota como recordatorio.

—Non é mala idea pero non sei qué se pode pór —interveu Antón—. Como non contemos a aventura...

—Non, home. Ten que ser unha nota curta. Por exemplo: «Atopada na casa vella» —suxeriu Noa.

Todos quedamos uns segundos pensativos, aínda que eu xa traía preparada a miña suxestión:

—Podemos facer unha nota de papel con letra moi bonita que poña «A Santa Compaña non Existe». ¿Que vos parece?

Pisco foi o primeiro en apoiar a miña idea:

—Así, ademais, ninguén sabe qué quere dicir, agás nós.

—¡Non sexas pouván! O que quere dicir está claro. O que non saben é qué ten que ver coa moeda.

—A iso me refería e ben me entendiches. ¡E pouván serao teu pai! —alporizouse Pisco.

A mención do meu pai actuou coma un resorte que me puxo de pé dun brinco seguido inmediatamente de Pisco; visto dende fóra debía ser algo cómico dado o reducido do espazo: dous galos dispostos a pelexar nunha caixa. Xolas, coa axuda dos demais, encargouse de levarnos ao rego e o incidente rematou, coma sempre, sen secuelas.

Xa todos de acordo, eu quedei encargado de facer o marco e Xolas a lenda. A verdade é que se esmerou e quedaron unhas letras preciosas. A moeda lucía moi ben na parede da cabana pegada, con plastilina de pegar, na cartolina branca do fondo do marco.

A
Santa Compaña
non existe

5

Na clase de inglés comezamos a preparar a representación de Halloween. Maicromaxín sempre nos ensaiaba pequenas dramatizacións nese idioma, gravábaas en vídeo e logo pasáballelas aos outros grupos e tamén na reunión trimestral de pais. Sempre participaba todo o curso e cada un tiñamos un papel, máis ou menos longo. O argumento era moi sinxelo: varios de nós disfrazabámonos e asustabamos á xente, representada polo resto da clase; entre eles había, coma quen, nenos e maiores que lles explicaban o que pasaba.

Aínda faltaba máis dunha semana e, dende había uns días, unha parte da sesión dedicabámola a clase normal e o resto, a ensaiar e mais a ambientar a aula coa representación de elementos típicos destas datas en Inglaterra. O que máis nos chamaba a atención desta ornamentación eran os calacús con velas no seu interior e iso que só eran debuxos.

Cando lle contei ao meu avó o que estabamos a facer explicoume que de pequenos tamén eles facían caveiras con calacús para asustar á xente nestas mesmas datas e ensinoume cómo.

Ao día seguinte, no recreo, díxenllelo aos arriscados e quedaron tan sorprendidos coma interesados, tanto que nos comprometemos a levar un calacú á Mimosa esa mesma tarde; todos os tiñamos na finca e así non foi difícil xuntarse con seis, e cunha navalla fomos fabricando unha caveira cada un. Houbo un fallo, esquecémonos das velas, polo que tivemos que adiar o remate e contemplación da obra. A tarde a seguir puxémolas todas arredor da cabana, enriba das cadeiras, coas velas acesas e pechamos a porta. O espectáculo pareceunos abraiante e transportou a miña fantasía a lugares exóticos habitados por tribos atávicas, animais pavorosos, feiticeiros, danzas rituais...

—Podémolas levar á escola e ensinárllelas aos compañeiros —propuxo, entusiasmado, Xolas.

Eu xa tiña unha proposta preparada, inspirada polo avó, e aproveitei a ocasión para pensar intensamente un instante e dicir:

—Iso estaría ben. Ademais podemos falar co Choupín e que lle propoña ao goberno a organización dun concurso de caveiras. Podemos deixarlles as nosas para que as ensinen como mostra e todos saiban o que hai que facer.

—Está bárbaro. Así decátanse de que moitas cousas que teñen sona no estranxeiro tamén as facemos nós —dixo Pisco.

—O día da representación de Halloween pómolas por todo o colexio e así queda un ambiente guai —aclarei.

Todos estivemos de acordo. O goberno tiña ganas de facer cousas e asumiu axiña como propia a idea, que levou a cabo grazas á complicidade de Poli, o delegado do claustro, e mais de Maicromaxín, a profesora de inglés, que, suxerindo cambiar o de concurso por mostra, enrolaron a todos os seus compañeiros.

Aquel ano o 31 de outubro cadraba en domingo, polo que adiantamos a celebración ao venres 29. Lémbrome como se fose hoxe porque esa data deixou unha pegada inmorredoira na miña vida de rapaz, pegada que se prolonga ata hoxe, de tal xeito que só escribila convoca recordos alegres e desacougantes que me fan mover na cadeira e respirar profundamente.

A Conselleria de Educación e Cultura envioulle a cada delegado de curso unha nota explicativa de cómo podían participar no acto os alumnos que quixesen, incluíndo debuxos orientativos para a confección dunha caveira. Elaborou tamén carteis animando á participación e reuniuse cos profesores para a organización.

O xoves pola mañá todos os participantes trouxeron cadanseu calacú tallado e pola tarde fomos ao colexio alumnos e profesores voluntarios para deixalo todo listo para o día seguinte. Mentres uns fabricaban murais, outros colocaban os calacús con cadansúa vela no vestíbulo do colexio, na sala de usos múltiples e no corredor de acceso.

O venres os alumnos foron para as súas clases e na primeira media hora os de oitavo percorreron as aulas dos cursos inferiores explicando o que era Halloween e o que iamos facer, mentres os de sexto e sétimo acendiamos todas as velas. Cando rematamos apagamos as luces e un espectáculo abraiante ofreceuse ás olladas curiosas dos rapaces e rapazas que, acompañados dos seus titores, desfilaban para ver a exposición e entraban na sala de Usos Múltiples, onde os esperaba unha decoración fantástica e mais caveiras fantasmagóricas. E a nosa representación, que incluíu bromas de compañeiros disfrazados que saían de detrás dos mobles asustando aos máis pequenos, con voz lúgubre:

—*Ha, ha, ha, haaaa! I'm going to take youuuuuuu!*

Aínda que houbo que abrir varias veces as ventás para descargar o ambiente, o resultado foi moi atractivo e todo o mundo se declarou a favor de institucionalizar esta actividade.

Marelo, o noso titor, felicitounos efusivamente pola idea na primeira clase que tivemos con el, co que aumentou varios puntos o noso prestixio. Tamén gabou moitísimo a realización, acto tan importante como o da concepción...

Todos nos puxemos atentos porque nos decatamos de que ía facer unha das súas frecuentes comparacións que tanto nos gustaban.

—É todo un gran acto de creación, que comeza coa concepción da idea. Mentres só consome palabras, vai medrando pero permanece dentro, perfeccionándose. O parto é a concreción e da súa calidade depende, moitas veces, o futuro.

Despois de salientar algúns detalles que lle gustaran especialmente, díxonos que só botara unha cousa en falta:

—Os pais. Teñen dereito a ver como desenvolvedes a vosa creatividade.

E mostrouse partidario de facelo pola tarde e invitar a participar a toda a comunidade educativa. En anos posteriores teríase en conta esta idea e solicitouse a colaboración dos pais, a través da APA, aínda que se seguiu celebrando pola mañá.

Pero aquel 29 de outubro traería para o noso grupo, e sobre todo para min, unha sorpresa moi especial e eu diría que feiticeira; aquel foi o día que elixiu Susan para aparecer no colexio e na miña vida. Os pais eran da nosa aldea pero vivían en Londres dende que casaran e a filla só estivera aquí no momento de nacer. Agora regresaban definitivamente á terra e Susan tiña que se incorporar no noso curso, pois seguira estudos nun colexio español.

Cando Marelo entrou con ela na aula, a primeira hora, e reclamou atención, un silencio de admiración acolleu a presenza da nova compañeira. Alí estaba, diante de nós, coa súa cabeleira loura caéndolle por riba dos ombreiros despois de percorrer unha cara ovalada e un colo lanzal. O seu aspecto non era de acoramento senón de simpatía contaxiosa, sensación á que non era allea a mirada divertida dos seus ollos, tan expresivos que enseguida nos transmitiu a súa amizade sincera, sen timidez, coa mesma naturalidade coa que levaba aquela roupa axustada e colorista que lle puña o marco axeitado a un corpo esvelto e flexible.

A presentación foi necesariamente breve porque tiñamos moito que facer ese día. Ela marchou con Marelo e logo souben que lle ensinou as instalacións e presentóullela a todos os profesores. Uníusenos no recreo e xa se incorporou ás actividades normalmente para o resto da xornada.

—Ti non suspenderás inglés —díxenlle, por dicir algo cando falamos no patio.

A miña apreciación era correcta porque falaba inglés coma os ingleses, de tal xeito que a profe colleuna dende o principio como axudante e en vez de pórnos o casete para aprender pronunciación facía que nos lese cousas ou que fixese e contestase preguntas nalgunha actividade dirixida. Mesmo lle consultaba algunha dúbida. Isto fixo que a súa popularidade subise como a escuma, axudada pola simpatía que posuía.

—Ao mellor o que suspendo é galego, porque no colexio onde estudei non había —respondérame ela.

Non obstante falábao moi ben, cun acento algo distinto do noso.

—Fáloo na casa, e ademais todos os veráns pasaba un mes cos meus tíos en Boimorto. Pero apenas o estudei.

Ese apenas indicaba algún estudo e interesseime por el porque era unha maneira coma outra de seguir a conversa.

—Adoitaba ir ao Centro Galego e fixen algún curso.

—Pois se queres eu pódote axudar e ti axúdasme a min en inglés —ofrecín.

—Estupendo; xa verás que ben funciona esta asociación. ¿Que tal che vai con Maicromaxín? —aceptou con entusiasmo.

Sorprendeume que xa soubese o alcume da profesora de inglés, unha muller nova, miúda e dinámica.

—¿Como sabes...? —Susan non me deixou rematar.

—Díxomo ela nunha conversa longa que tivemos cando ma presentou o titor e soubo que eu falaba inglés. É estupenda e moi divertida.

—Así que o sabe. Pois nunca dixo nada —estrañeime.

—Segundo me contou, todos os profesores saben como lles chamades. Por certo, que me tes que informar porque eu soamente sei ese. E di, ¿como che vai con ela?

—Regular. Este é o primeiro ano que temos inglés e de momento gústame, pero aínda acabamos de empezar e parece moi difícil.

Era difícil, pero grazas a ela e ao meu avó o noso grupo destacou sempre nesa materia, do xeito que máis adiante contarei. Polo de agora quérome referir a como entrou nos Arriscados proposta, claro está, por min e sen ningunha oposición.

Dende o instante no que nos coñecemos estableceuse un magnetismo entre os dous que se puxo de manifesto axiña. A primeira en dar un paso adiante foi ela, pois un día empezoume a cantar unha canción que lle ensinaran no Centro Galego, algo modificada, segundo me contou. Empezaba así:

Están as nubes chorando
por un amor que naceu,
están as rúas molladas
de tanto como choveu.

A primeira vez quedou aí e díxome que o resto xa mo cantaría noutra ocasión.

Así que todos esperaban que a propuxese para o grupo coa especial alegría de Noa, que deixaba de ser a única representante feminina.

Aquela tarde de finais de novembro, case un mes despois da súa chegada, reunímonos na Mimosa para levar a cabo por primeira (e derradeira) vez o rito de admisión dun novo membro. Lémoslle o estatuto, que copiou para aprender de memoria, prometeu traer a cadeira e subiu con nós ao monte para ir ás alpabardas. Consistía este rito nunha broma na que había que cazar unha polo menos, para o cal (e despois de darlle explicacións desorientadoras sobre o que era ese animal) ela tiña que colocarse cunha caixa de cartón detrás dun arbusto por debaixo do cal abriamos un camiñiño que desembocaba precisamente na caixa, que mantiña nas mans, agachada. Nós marchabamos a axotar as alpabardas dende todas as direccións cara a ela. En canto entrase unha, remataba a proba a xa era membro do grupo. O que non sabía (ou non debería de saber) era que as alpabardas non existían e que a iamos deixar soa no monte para que se perdese.

E así o fixemos. En canto se agachou detrás do arbusto, botamos a correr monte abaixo cara á Mimosa. Iamos todos a rir, pero eu notaba como un peso no peito que me desacougaba. As nosas risas ecoaban na miña cabeza como algo espectral. Non era posible que estivésemos enganando daquel xeito a unha rapaza como Susan, amable e encantadora, deixándoa abandonada no medio dun monte estraño para ela. Quería rebelarme e berrar:

—¡Non podemos facelo!

Pero os prexuízos, que se maman canda o leite e medran canda nós, foron máis fortes e seguín disimulando dolorosamente.

Non obstante, ao pouco tempo e coa escusa de ter que facer os deberes de Polinomio, o profe de matemáticas, botei a andar cara á miña casa e ao dar a curva dirixinme a correr cara ao monte para socorrer a Susan, que debía de andar perdida, descoñecedora como era do lugar.

Cando cheguei de volta observei que só estaba a caixa e non había nin rastro dela; ao non vela monte abaixo collín cara arriba e como guiado por un instinto estraño fun dar preto das ruínas, de onde nese intre viña ela a todo correr e con cara de susto. Notábase alterada, máis por medo que por cansazo:

—Íame achegar a esa casa para vela por dentro e de súpeto vin unha sombra que se movía a través da ventá.

Eu non tiña máis remedio que ser valente e dixen:

—Non pode ser, está deshabitada. Vamos alá, verás.

—Non, non, que pode haber alguén. Vamos para a Mimosa.

—Se ti queres..., pero non creo que haxa perigo —dixen, sen que ela se decatase do alivio que me causou o seu pedimento.

Conteille o da broma e díxome que o sospeitou cando non oíu ningún ruído e por iso foi

investigar; tamén dixo que seguramente non se perdería porque tiña moi bo sentido da orientación e recordaba máis ou menos o camiño, pero que me agradecía que fose salvala.

Aquela tarde, de regreso para a aldea, sentía unha emoción enorme de estar a soas con ela, tan lonxe de todo que parecía que só existiamos ela e mais eu. O paraíso debía de ser así. Gustaríame collerlle a man, pero non me atrevín e conformeime con ir á súa beira falando e rindo. Cando paramos un momento no souto, sentados nun toco vello enorme, cantoume un anaco máis daquela canción que aprendera en Londres:

Lelo, Lelo,
Leliño por quen eu morro,
quero mirarme
nas meniñas dos teus ollos;
non me deixes
e ten compaixón de min,
sen ti non podo,
sen ti non podo vivir.

Sentín unha emoción auguenta nos ollos e un rebulir de paxaros no corazón. A voz soaba baixa e afrautada cando lle dixen que me gustaba e que me alegraba un montón de que viñese para a nosa escola, que non concibía xa a vida sen que estivese ela, e unha morea de cousas máis que parecían desmentir a miña timidez e ela escoitaba con satisfacción.

Cando nos puxemos de novo en camiño eu estaba seguro de que o meu futuro tiña que estar ligado ao de Susan, pois non o podía concibir doutro xeito; pero a vida é unha cabra montesa que poucas veces segue o carreiro e prefire dar pinchos e facer cabriolas.

Ao chegar ás proximidades da Mimosa, ela entrou na cabana onde estaban os outros e eu marchei para casa, pois non quería descubrirme.

Os demais membros do grupo sospeitaron que fora buscala e, máis que enfadarse comigo, tomáronme o pelo canto quixeron. Pero a min non me importaba e mesmo me divertían esas bromas porque supuñan a confirmación de algo que me gustaba. Non obstante, o final desta historia, na casa abandonada, deixounos preocupados por unha tempada, porque cando ao día seguinte cheguei á Mimosa estaban xa Chuco e Xolas agardando fóra:

—¡Lelo! A Santa Compaña quérese vingar —exclamou Chuco, dende lonxe.

—Non lle fagas caso a este galiña —protestou Xolas—. Algún simpático que nos quere tomar o pelo.

—¿Que foi o que pasou? —preguntei intrigado.

—Entra e mira —Chuco levantaba un pouco as mimosas mentres dicía isto cando eu xa chegaba.

Ao entrar na cabana, Chuco fixo un ademán teatral sinalando o marco do noso trofeo... baleiro. A moeda desaparecera e a lenda fora retocada. Alguén arrincou o anaco de papel onde puña NON e agora líase isto:

A SANTA COMPAÑA EXISTE

—O máis raro é que a porta estaba aberta, pero a pechadura funciona —comentou Xolas.

—Se non é cousa da Santa Compaña, ¿de quen vai ser? —insistía Chuco.

Os demais foron aparecendo e todos quedaron abraiados por este suceso. Foi Susan a que pareceu máis preocupada; sabía a procedencia da moeda e relacionou este feito coa sombra que vira na casa vella.

—O que a perdeu quixo recuperala —deduciu—. Seguro que estaba alá buscándoa e ao vernos debeu decidir seguirnos.

—Se foi así xa sabe onde atoparnos e, se nos quere amolar, pode facelo en calquera momento.

O comentario de Pisco meteunos o medo no corpo, pero eu tiña que reaccionar. Estaba alí Susan e era o xefe.

—Se tes medo, gárdao para ti e non andes a asustar á xente —dixen, con rabia.

Pisco envarouse e mirándome desafiante berrou:

—¡Eu non teño medo! E se queres que cho demostre, sal fóra.

—Xa estades outra vez —mediou Xolas—; deixade iso que temos un problema.

A tensión case desapareceu inmediatamente tras a intervención do noso temperado e reflexivo amigo, sobre todo polo que dixo, porque a ninguén se lle ocultaba que, efectivamente, tiñamos un problema e eu pensaba que lle había que quitar ferro:

—Seguro que se trata dun pobre que non ten onde durmir. Non teñades medo.

—Pero soubo abrir a porta sen chave —insistiu Antón—. Un pobre inofensivo non sabe facer esas cousas.

—Non pensemos máis niso. Mañá imos outra vez á casa vella do monte; indo todos xuntos non nos pode pasar nada e xa veredes como non hai ninguén —concluín eu, querendo ser autoritario—. O que dixo Xolas, alguén que nos quixo tomar o pelo.

O resto da tarde transcorreu sen máis incidentes. Alguén propuxo ir xa e investigar a casa abandonada, pero eu insistín en deixalo para o outro día porque así quedabamos de xuntarnos de camiño e tiñamos máis tempo.

Despois a conversa cambiou de rumbo e falamos de cousas intrascendentes, das actividades, da cabana, do grupo. Houbo entón un comentario de Susan que había de ter consecuencias máis adiante.

—Os Arriscados é perfecto. Só lle falta ter unha lingua propia, como teño lido eu dalgúns grupos.

—Iso sería estupendo —dixen. Tiñamos xa clara unha cousa: cando falaba Noa saía Antón apoiándoa e agora, cando falaba Susan saía eu.

Todos diximos máis ou menos que sería magnífico pero difícil, porque falar ao revés ou pondo «pe» antes de cada sílaba era moi pesado e estaba moi visto. Así que non volvemos falar diso, pero eu comenteillo ao avó e el acabaría regalándome outra idea. Pero aínda tardou algo.

6

A mañá seguinte tróuxonos algún problema á nosa clase que desembocaría nun conflito grave para o Colexio. Había un profesor novo, provisional, substituto do de Educación Física, que rompera o tornecelo xogando ao futbito e tiña para moito tempo de baixa; chamábase Manuel Durán Noz pero todos lle chamabamos Pexego. Nunca souben quen o bautizou así, pero debeuno facer nun tempo récord, porque eu recordo o seu nome só porque o lin moitas veces na resolución do conflito que tivo co goberno e teño a impresión de que sempre o coñecemos polo sobrenome. Non sei se o alcume respondía a que levaba o pelo ao cero ou porque os apelidos semellábanse a «durazno»; ou por unha mestura de ambas coincidencias.

Dábanos tamén relixión e sempre nos puña traballos para facer na casa sen usar o control de deberes. Esa mañá, cando estaba con nós, íanos mandar algún traballo e alguén se atreveu a dicirlle que se fixase no impreso, que xa estabamos moi cargados. Enfadouse moitísimo e púxolle unha falta de orde ao que protestara. Moitos de nós apoiamos en voz alta ao noso compañeiro e acabou marchando alporizado e repetindo que onde se viu que os alumnos lle digan aos mestres o que teñen que facer e que, de alí en diante, iamos saber o que era facer deberes.

—Isto é un problema teu, Lelo, que para iso es o noso deputado —espetoume Carlos, o que protestara.

—Diso nada —saíu Xolas na miña defensa—. É un problema da delegada de curso.

Eu estaba bastante excitado polo que pasara, pero Pisco parecía estalo máis e foi el quen berrou:

—É un problema dos dous. Lelo ten que levarlle o asunto ao goberno e a delegada ten que falar co titor; e que lle quiten a falta a Carlos.

—E que non nos mate a deberes —recordou Noa, con voz apenas audible no rebumbio que se organizara.

—Iso, iso —dixo Antón—, que como lle dea por matarnos a traballar...

Cando no recreo falei co Choupín díxome que o asunto era moi delicado, porque a Consellería de Xustiza nunca, que el soubese, actuara contra un profesor. Comentaríallo á Gata e levaríao á seguinte reunión do goberno.

Por outra banda, a delegada falou co noso titor, co que nos levabamos moi ben; chamabámoslle Marelo, porque adoitaba dicir que como aran os bois o campo así el tiña que arar as nosas mentes. Non lle sorprendeu o que pasara porque xa coñecía a actitude dese profesor, que dende o primeiro momento se mostrara abraiado e dixera non comprender como o claustro permitía que os alumnos tomasen decisións que podían implicalos a eles.

—Aí está o formativo da actividade —intentara explicarlle Marelo—. Se non puidesen decidir, a cousa non funcionaría.

Pexego, segundo Marelo, non acabou nunca de admitir que tivese que someterse ás decisións do goberno, a pesar de que tanto os compañeiros coma o director aclaráronlle que se trataba dunha actividade aprobada polo claustro e polo Consello Escolar e había que participar.

—Non me gusta isto —díxolle Marelo á delegada—. Imos ter problemas porque don Manuel é bo profesor e boa persoa, pero moi teimudo.

Aconsellounos que na clase actuásemos como se non pasara nada, que xa eles, os profes, e mais o goberno buscarían unha solución.

Todo o colexio soubo este suceso aquela mesma mañá e todos os rapaces e rapazas rexeitaban o comportamento do profesor, e nas clases que tivo dende entón notábase un ambiente tenso, aínda que ninguén dixese nada. Durante varios días o comportamento de Pexego e a posible reacción do goberno estivo na boca de todos.

Pero aquela tarde os Arriscados tiñamos outras cousas nas que pensar e das que preocuparnos. Ás catro reunímonos como quedaramos no cruce preto do souto para levar a cabo unha nova investigación da casa abandonada. As caras demostraban preocupación, non sei moi ben se porque ese era o noso estado de ánimo, ou por darlle empaque e importancia a unha aventura que se amosaba distinta a todo o que era esperable por un grupo de rapaces coma nós, habitantes dun lugar tan tranquilo.

Entre especulacións dispares e, ás veces, disparatadas, aproximámonos a aquela casa que tan ben chegamos a coñecer. Entramos todos xuntos pola porta de atrás, a que daba ao único cuarto utilizable, e observamos que non había restos de fogueira, nin de comida, nin de limpeza, nin de nada. Alguén recollera todo e, o que era máis curioso, volvera espallar a terra polo chan de modo que parecese que ninguén estivera alí nunca. Pisco rompeu o silencio:

—Lelo, o teu pobre toma moitas precaucións. ¿Non che parece?

—Tes razón —tiven que admitir—. Está claro que non quere deixar rastros.

—O que pasa é que a Santa Compaña nunca deixa pegadas —a voz de Chuco soaba medrosa.

—¡Déixate de paparruchas dunha vez! —case berrou Xolas, cun enfado que nos sorprendeu a todos. Susan deulle un xiro momentáneo á conversa:

—Xa volo teño oído máis veces. ¿Que é iso da Santa Compaña? Nunca oín falar dela antes.

—É unha procesión de almas en pena —expliqueille— que anda toda a noite e todas as noites atravesando montes sen que ningún obstáculo a deteña.

—Non todos son mortos —aclarou Antón— porque o último da fila é sempre un vivo que leva unha póla de loureiro na man. É como unha maldición. Polo día traballa normalmente e pola noite ten que ir de procesión aínda que non queira.

—Pode librarse da maldición metendo a outro —rematou Pisco—, para o que ten que pasar á beira dun vivo e darlle a póla de loureiro. Se non o consegue morre de cansazo.

—Pero iso non hai quen o crea —dixo Susan convencida.

—Hai, hai —bromeou Pisco, sinalando a Chuco, que agachaba a cabeza en silencio, como quen garda as súas convicións nun ambiente hostil.

Xolas adoptou unha actitude seria e misteriosa e dixo o que segue dándolle suspense ás palabras:

—Eu penso que o que estivo aquí era un espía e na moeda que atopamos levaba un microfilme.

A idea de Xolas espertou rapidamente a fantasía nas nosas cabezas, pero Susan primeiro e Noa despois devolvéronnos á realidade:

—¡Que cousas pensades! ¿Que ía espiar na aldea o noso espía? ¿Como se sachan as patacas?

—¡Vaia espía, que come latas de sardiñas! Vós mirastes moitas películas e entendéstelas mal.

Había que buscar outra explicación. Eu tiña que dicir algo porque era o xefe e ademais estaba Susan diante, así que aventurei a única idea que me viña á mente.

—Eu sigo pensando que era un pobre, o que pasa é que seguramente roubou algo por aí e por iso borra o rastro.

—Pero entrou na Mimosa sen chave —recordoume Antón, co que intentaba rebater a miña teoría sen necesidade de dicilo. Pisco recolleu esta idea e ampliouna:

—Iso indica pro-fe-sio-na-li-da-de —dixo, remachando a palabra para darlle o realce que, segundo el, merecía— e ademais levou a moeda. Se non lle interesase moito non se paraba niso, porque tivo que seguirnos e esperar a que marchásemos.

—O que eu digo, nesa moeda había algo importante —interveu Xolas— que ben podía ser un microfilme. ¿Que outra cousa senón?

—Mmmmm... Témolo que pensar mellor —dixen eu—. Disto nin media a ninguén ¿eh? Veña, conxuración de silencio.

Nese momento non me decatei de que me estaba pechando unha porta moi importante para o esclarecemento do misterio, que era o meu avó. Non lle ía poder dicir nada despois do xuramento que fixemos a continuación pondo todas as mans unhas enriba das outras; eu ía recitándoo e os outros repetían as miñas palabras, nunha fórmula que inventaramos hai tempo e adaptamos logo ao nome do grupo, pero que sempre utilizaramos en cousiñas sen importancia, máis ca nada para darlle uso; este era o primeiro segredo importante do grupo:

Xuro como arriscado
non contar nada a ninguén
para mal nin para ben
pois o segredo é sagrado.
E se non o cumprise por haches ou por bes
que me quiten a terra debaixo dos pés.

Cando volviamos cara á aldea a preocupación flotaba no ambiente. Non obstante, non volvemos falar diso, e nos días seguintes esqueceunos completamente porque estabamos todos moi atentos ao que pasaría con Pexego.

Uns días máis tarde había reunión do Parlamento e todos supuñamos que a Conselleira de Xustiza o chamaría a declarar. Se se negaba a ir habería que reunir o comité de disciplina e imporlle unha sanción.

—Nin vai ir nin vai cumprir a sanción que se lle poña —dicía Carlos.

—Pero entón o goberno e mais o Parlamento non valen para nada —argumentaba Antía, a delegada.

—Tranquilos —eu trataba de calmar os ánimos pero en realidade participaba dos seus medos—. Choupín e mais a Gata estiveron falando con Polinomio, o delegado do claustro, e díxolles que todos os seus compañeiros lle estaban dando voltas ao asunto.

—Poli sempre nos axudou, segundo din os de oitavo, así que haberá que confiar nel. Outra cousa non podemos facer —sentenciou Pisco, que sempre saía na miña axuda menos cando se enfadaba comigo e botaba o xenio fóra.

Efectivamente, dous días despois, Pexego recibiu unha notificación da Consellería de Xustiza na que se lle puña data e hora para que acudise ao Parlamento a declarar en relación cos feitos sucedidos na clase de 6º A e tamén pola súa negativa a cumprimentar o control de deberes establecido por lei. A convocatoria ía escrita en galegue e parece que, como estaba algo mosqueado cos compañeiros porque intentaban que accedese ás pretensións dos alumnos, comentou nunha clase:

—Isto é unha pallasada. Como o director intente algo contra min preséntolle unha denuncia por permitir que os alumnos fagan actividades que potencian as faltas de ortografía.

Así que estabamos todos excitados esperando en qué ía rematar o asunto. Se o director non vetaba, o goberno íao mandar ao comité de disciplina que, seguro, seguro, imporíalle unha sanción. Se non a cumpría, todo o tinglado quedaba desmontado, pois non serviría para nada; se o director tomaba cartas para que a cumprise, habería liortas entre eles que, se cadra, remataban nunha denuncia na Delegación Provincial; se vetaba o acordo, desautorizaba igualmente ao goberno e mais ao Parlamento. Aparentemente non había ningún camiño a seguir, e todos, alumnos e profesores, estabamos expectantes.

O día da reunión do Parlamento non cabía unha agulla. Pero Pexego non se presentou, como se esperaba, dada a súa actitude rebelde e hostil. Ante a non comparecencia, Xiana, a conselleira de Xustiza, fixo a solicitude que todos agardabamos:

—Solicito votación para aprobar a convocatoria do comité de disciplina para que estude o caso do *profesoro* don Manuel Durán.

As rapazas do goberno tomaran moi en serio o galegue e sempre o empregaban con esmero.

Entón Poli pediu a palabra e, na maneira de expresarse, notábase non só que era o representante do claustro, senón tamén que tiña ben estudado o que quería dicir:

—O claustro de profesores quere tratar de arranxar esta confrontación sen que resulte prexudicado ningún dos colectivos que integran a comunidade escolar, polo que veto temporalmente calquera acordo sobre este conflito.

—Iso é tanto como desautorizarnos *a todes* —protestou, irada, a Gata.

—Non o é porque o director non pensa usar o veto; así que algunha solución terá este asunto sen que implique desdouro para as institucións.

A solución, que parecía non existir, chegou de xeito totalmente inesperado para nós, pero sospeito que non para eles. Tres días despois presentouse no colexio Touriño, o titular de Ximnasia, único que non tiña alcume; viña aínda con muletas, pero coa súa alta causou baixa inmediatamente Pexego, que nos librou así do problema no que nos metera coa súa intransixencia. Touriño recaeu uns días despois e colleu unha nova baixa; todos sospeitamos que fora unha manobra, pero ninguén nolo confirmou nunca.

O goberno recibiu unha nota do claustro que Choupín me ensinou entusiasmado. Dicía así:

O claustro de profesores comunícavos que don Manuel Durán Noz causou baixa neste colexio debido á incorporación de don Pedro Touriño Souto, a quen substituía, polo que deixa de ter sentido a petición de convocatoria do comité de disciplina.

Saúdavos cariñosamente

O Profesoro Delegado do Claustro

—É un éxito completo, ¿non te decatas? —Choupín estaba exultante.

—Máis ca un éxito é un alivio —contesteille.

Evidentemente, el non estaba de acordo.

—Non, non. Un éxito total que indica que nos apoian. Fíxate ben.

—Non sei en que me teño que fixar.

—¡Está escrito en galegue!

Era verdade. Era case imperceptible, pero a nota estaba escrita efectivamente no idioma que tanto lle gustaba á Gata, e tamén a nós, o que supuña tanto como dicirnos:

—Vós tiñades razón. Pexego, que se opuña tallantemente ao uso do galegue, non a tiña.

E sentín que me invadía o orgullo dada a parte importante que me tocaba no éxito desta fala.

7

Aquelas vacacións de Nadal trouxéronme de volta a morriña por meus pais; non é que antes me esquecese deles, pero o ritmo de clase e xogos facía que me pasase o día máis rápido. Agora era distinto. Ía ser a primeira vez que non estaban nestas datas, nin sequera por Reis, ese día máxico que tiña a noite máis curta do ano debido á ansiedade por ver os regalos.

—Pero, ¿non van estar nin tan sequera en Noite Boa? —preguntáballe ao avó, aínda incrédulo.

—Non, Lelo. Eles están alá para poder facer diñeiro e aforralo. Non poden vir.

—Estar aquí un par de días tampouco os arruinaba, digo eu.

—Claro que non; pero nesas datas, cando ninguén quere traballar para estar coa familia, é cando máis diñeiro gañan, e teñen que aproveitalas.

Estabamos na súa biblioteca, un cuarto pequeno cunha mesa no centro e andeis cheos de libros todo arredor e nun recanto un sillón de orellas, unha lámpada de pé e unha mesiña baixa. El estaba escribindo algo nun caderno e contestábame con certo traballo. Pero eu coido que non era porque o interrompía, senón porque me tiña que convencer do que el non estaba convencido. Acordeime daquilo de Mahoma e a montaña.

—Avó.

—¿Que, Lelo?

—Podemos ir nós alá e pasamos con eles a Noite Boa e mais o Nadal.

—Non podemos, Lelo, por dúas razóns.

—¿Que razóns?

—A primeira, que eles van estar traballando case todo o día e non poderían atendernos.

—Pero aquí non traballaban tanto.

—A segunda, porque viven xuntos outro matrimonio e mais eles nun cuarto pouco maior cá biblioteca, así que non teriamos onde meternos.

—¿E non poden alugar unha casa, aínda que sexa pequena?

—Si, pero así non poderían aforrar tanto, e xa sabes para que están alá.

—Xa, para gañar diñeiro.

O avó seguiu escribindo e pensando; paraba un momento e volvía escribir unhas palabras. Eu botei o tebeo que intentaba ler enriba da mesiña e, apoiando a cabeza na orella do sillón, quedei cavilando no que acababa de escoitar, desgustado pola imposibilidade de ver a meus pais, os gañadores de diñeiro.

—Avó.

—¿Que, Lelo?

—¿Sabes unha cousa?

—A ver.

—Se fixesen aquí o mesmo que fan alá, tamén gañarían unha chea de cartos e non necesitaban marchar.

O avó deixou de escribir, sacou as gafas e miroume con ollos de aceptación.

—Tes máis razón ca un santo. Pero aquí non poden facer iso.

—¿Por que non?

—Pois porque estaría mal visto. Aquí teñen que saír cos amigos, ...

—¿É que alá non teñen amigos?

—Claro que os teñen, pero están ao mesmo ca eles e non saen.

O avó tratou de explicarme como inflúe o ambiente, a familia, o costume, a dignidade mal entendida, todo iso, para evitar que poidan levar aquí unha vida coma aquela, pero eu seguía pensando que era unha parvada marchar fóra para conseguir o mesmo que se podía obter aquí.

De alí a un anaco o avó pareceu dar por rematado o seu traballo e díxome:

—Ven aquí, Lelo.

Eu aproximeime e fixeime na folla que me sinalaba.

—¿Lembras aquilo que me dixeras dun idioma secreto para o teu grupo?

Os ollos ilumináronseme inmediatamente. Sería bárbaro poder falar sen que os outros nos entendesen. Iso fardaría un mogollón. A morriña por meus pais desapareceu de súpeto e dispúxenme a escoitar e, seguro, seguro, a sorprenderme.

—Como estades a estudar inglés podedes facer unha lingua mixta, con palabras galegas e estrutura inglesa. Claro que teredes que estudala.

Explicoume polo miúdo a súa idea e díxome que tiña eu que completala coa axuda da miña amiga emigrante, que seguramente me asesoraría moi ben. Podía vir á casa ata que tivésemos listo o novo idioma.

A primeira idea, a da lingua secreta, pareceume fenomenal, pero a segunda moitísimo mellor. Tiña unha escusa estupenda para traer a Susan á casa todos os días, escusa que, agora decátome, artellou el para proporcionarme esa satisfacción, coñecedor, seguramente, da miña inclinación, aínda que nunca llo confesara.

Aquela tarde, na cabana, díxenlles con certa fachenda:

—Estes días de vacacións deume por pensar no que falaramos hai algún tempo dun idioma secreto.

—¿E que inventaches? —preguntou, moi interesado, Pisco.

Tiña toda a atención concentrada en min e sentíame o protagonista dunha aventura que nunca tería fin. Saboreei uns instantes a situación e logo expliqueilles a idea, aquela nova idea roubada.

—Para concretar todo e poder telo escrito necesito a túa axuda, Susan, porque ti falas inglés.

—Cando queiras, eu encantada.

Cando a invitei a vir á miña casa polas mañás os outros tomáronnos o pelo un pouco, pero a nós non nos importaba; eramos felices só de pensar que iamos estar xuntos tanto tempo.

—Teño que dicírllelo a meus pais, pero se non hai problema mañá ás once estou na túa casa.

—Iso si —díxenlles a todos, con autoridade—, témonos que comprometer a estudalo, senón non paga a pena pasar o traballo de inventalo.

Todos, sen excepción, dixeron que si entusiasmados e mostraron o desexo de que estivese feito o máis axiña posible. Contra o esperable, Chuco foi o que máis calor lle botou á determinación de aprender canto antes a lingua dos arriscados, e Pisco, o seu dedo-no-ollo particular, non deixou pasar a ocasión de escarnecelo unha vez máis:

—¿E logo?, ¿seica non che abonda co galego para meter a pata?

—Un día voume fartar de que sempre me andes a...

Non sei por que a tiña tomada con el, pero cando Pisco empezaba a «chuquear», como diciamos en broma pero acertadamente, había que paralo se non queriamos que chegase a haber unha pelexa das boas. E nestes casos era eu, e non Xolas, o que trataba de cortar as discusións. Durante moito tempo pensei que o facía porque me daba pena o tarrantexo, pero agora estame asaltando a idea de se non sería, en gran parte, por demostrar o meu dominio sobre Pisco, a quen inconscientemente tiña por rival no liderado. Sexa como fose, interrompín a Chuco introducindo un tema alternativo que fixese derivar a conversa:

—En vez de andardes con parvadas sería mellor que pensarades na casa do monte, por exemplo.

Xolas veu inmediatamente na miña axuda, non sei se conscientemente ou porque o asunto o traía preocupado:

—Di meu pai que apareceu un grupo deses que quere ser coma ETA, Exército Guerrilleiro, ou algo así. ¿Non terá algo que ver coa nosa aventura?

—Xa rebaixaches —díxolle Antón—. ¿Non era un espía?

—Eu non rebaixei nada, o que pasa é que non me pecho en banda, coma vós, e barallo varias posibilidades.

—¿E cal é a túa teoría? —preguntei.

—Non o sei moi ben, pero poderían buscar un sitio onde agacharse ou onde ter algún secuestrado.

—Non ten moita lóxica, porque terían que ir comprar a algures para poderen vivir e a xente veríaos —apuntou Susan.

—Serían parvos, porque a policía descubriríaos axiña —engadiu Noa.

—Estou de acordo —apoiei eu—; pero se queredes podemos investigar.

A miña estrataxema tivo un éxito relativo porque conseguiu parar o enfrontamento, aínda que Pisco e Chuco non interviñeron para nada no debate que non obstante logrou interesar momentaneamente aos demais. Pero este feito, unido ao de non haber elementos novos que engadir aos xa coñecidos, fixo que a conversa fose esmorecendo e finalmente marchamos sen que chegásemos a ningunha conclusión.

As once da mañá seguinte tardaron moitísimo en chegar, pero por fin alí estaba Susan petando na porta. Durante varios días o avó deixounos a súa mesa da biblioteca porque dicía que alí traballabamos mellor.

—Que sitio tan acolledor ten teu avó —dixo Susan; notábase que era sincera.

—Si, eu, de maior, vou ter un coma este, pero con ordenador.

E dicíao en serio; sempre quixen ser coma el e ter unha casa coma a súa, porque lle quería e admirábao máis cada vez.

—Veña, vamos traballar que temos que rematar canto antes para poder estudalo.

Eu falaba do galinglo, como acordamos chamarlle ao idioma secreto, como se se me ocorrese a min, mesmo diante do avó. El sabía, seguramente, o que eu facía coas súas ideas e non lle debía desgustar, porque nos deixou traballar sen meterse, como se el non tivese nada que ver. Andaba pola casa facendo outras cousas e de vez en cando achegábase á nosa mesa para preguntar que tal ía o chollo. Explicáballe os adiantos que faciamos e el asentía compracido. Despois, cando marchaba Susan, facíame ver algún erro ou mostrábame unha solución mellor, o que eu aproveitaba ao día seguinte para quedar de listo diante dela.

Eu xa me decatara de que o avó sabía inglés, pero nunca pensei que fose tanto. Un día puxéronse a falar el e Susan para practicar un pouquiño, dixo el, e falábao de corrido. ¡Cantas cousas sabía e que pouco presumía!

E así chegou o día no que citamos a todos os arriscados con papel e lapis para copiar apuntes de galinglo e poder estudar na casa para practicar na Mimosa. Recordo as súas características principais, que logo fomos aumentando ata facer unha lingua moi completa. Era, máis ou menos, así:

O galinglo é unha mestura da estrutura do inglés e as palabras do galego. Ten as seguintes regras:

— As oracións hai que construílas sempre seguindo a orde de Suxeito, Verbo e Resto da Frase (S + V + R).

— Negación con don't ou doesn't.

— Os verbos perden -ar, -er, -ir e, no infinitivo, levan «to» anteposto. Non varían a forma nas distintas persoas, agás na 3ª que rematan en –s.

— O verbo sempre ten que levar suxeito.

— Os adxectivos van sempre antes do verbo.

— Para facer unha pregunta hai que empezar con Do ou Does e logo pór, coma sempre, S + V + R.

— Os verbos «estar», «ser» e «poder» suprímense e no seu lugar úsanse as correspondentes palabras inglesas. O mesmo pasa co artigo determinado, que será «the».

Isto era, en esencia, o galinglo. As regras foron aumentando a medida que aprendiamos máis, adaptándonos aos xiros ingleses, á utilización dos xerundios, á construción dos outros tempos, etc, e nunca chegamos a dalo por concluído. Collémolo con gusto e naquelas vacacións chegamos a falalo un pouquiño. Cando xa estabamos en oitavo era practicamente imposible que ninguén nos entendese, tal foi o dominio que acadamos. Ao principio non o usabamos sempre, pero continuamente diciamos frasiñas en galinglo, que se foron facendo cada vez máis grandes. Eran correntes diálogos coma este:

—Do ti quer to xog petadouro?
—Si, let's xog.

Cando empezamos as clases de novo Maicromaxín notounos un avance espectacular en inglés, avance que se consolidou xa para o resto do EXB. Non se explicaba esta melloría, e nós dixémoslle (e, en realidade, non era mentira) que estudaramos moito nas vacacións. Non podiamos contarlle a verdade porque fixeramos unha conxuración de silencio.

Unha tarde, na Mimosa, xa recomezadas as clases, dixo Xolas:

—Eu non debía de dicir nada, porque o traballo vai ser para min, pero coido que o estatuto debía estar en galinglo.

—Tes razón, e ademais hai que modificalo para dicir que é a nosa lingua oficial e que para ser membro haino que saber —engadiu Pisco.

—Pois mans á obra —dixen eu, no meu papel de xefe—. Cada un leva un parágrafo e mañá traémolo traducido, xuntámolos e corriximos entre todos para que o leve Xolas.

—Home, eu xa o vou pasar a bonito, non terei que traducilo tamén…

—Vale. Xolas queda libre, pero os demais, mañá sen falta traédelo —rematei—. A ver Antón, ti dende o principio ata…

E así, todos fomos copiando o noso anaco e axiña tivemos o estatuto ben feito en galinglo. O meu anaco dicía así:

Cada Arriscade tes the seguinte dereitos:
— to te unha cabana chave, se el ou ela pags a.
— to particip en the grupo's decisións.
— to convoc urxente grupo's reunións.
— to vi a the cabana cando el ou ela quers.

Cando o gardamos no caixón non sabiamos o que facer co vello. Xolas non quería nin oír falar de rachalo, despois do traballo que lle dera, e ao final acordamos cravalo con chinchetas na parede.

—Como só poden entrar arriscados, non importa que estea á vista.

Non sei ben en que momento, pero o invento do galinglo valeume, entre os meus compañeiros de grupo, o sobrenome de Superlelo, de modo que empezaron pouco a pouco a chamarme pola abreviatura Súper.

—Especialista en inventar idiomas —dicía Pisco.

E a verdade era que aínda, no ano seguinte, fixen unha proposta no parlamento que implicaba unha nova variante do galego: chameino galego fonético, e propuña escribir igual que se pronuncia.

—Para acabar coa trampa das faltas de ortografía —dixen.

Xa era eu Conselleiro de Educación e Cultura, pero o delegado do claustro, que volvía ser Poli, usou o veto temporal, e na seguinte reunión acudiu o director e vetou calquera acordo no sentido de modificar ningunha lingua.

—Xa me metestes o galegue porque non me decatei a tempo. Tedes que entender que o que propondes prexudica os vosos estudos de ortografía e non podo permitilo.

Non estaba xa a Gata, rebelde por natureza, para protestar e, a verdade, tiña razón o director e esquecemos o asunto. Non obstante, o xigantesco desenvolvemento das comunicacións nos últimos tempos e concretamente da mensaxería electrónica (chat, e-mail, móbil) están creando un código que se parece moito a unha solución fonética da escritura que, compelida pola imparable lei da economía, non me estrañaría que se dispuxese a gañar o futuro.

8

Aquela primavera, como todos os anos, Biquérful, o profesor de Naturais, iniciou a sementeira na horta do colexio. Chamabámoslle así, segundo me contaron, porque cando chegou ao centro, tres anos atrás, entrara a principios do curso na aula de Maicromaxín cando ela estaba cos alumnos de oitavo, con tan mala sorte que nada máis traspasar a porta tropezou cunha cadeira e a pouco máis cae, e á profesora saíulle unha exclamación en inglés:

—*Be careful!*

Cando todos os grans e plantóns quedaron acollidos nas entrañas terreñas do futuro, como lle gustaba dicir a Marelo, empezouse a falar de axudar á Natureza para que tivese éxito no seu labor. Non sei de quen partiu a idea, pero Antía foi a encargada de proporlla a Biquérful.

—Podiamos facer un espantallo para que os paxaros non coman os grans.

—Non creo que iso axude moito, a verdade, pero a idea paréceme boa. E bonita —contestou—. ¿E sabedes como facelo?

Todos a un tempo queriamos contestar e creamos tal rebumbio que o profesor tivo que cortalo e facer de moderador para que falásemos por quendas. Carlos foi o primeiro:

—Meu pai é carpinteiro e estou seguro de que nos fai o esqueleto.

Quedou comprometido a traelo e os demais repartímonos as outras cousas: palla, calcetíns, zapatos, sombreiro, pantalóns, chaqueta, e todo o que se nos ocorrese.

—Pero sempre que o que traiades sexa vello, ¿eh? —insistiu Biquérful.

Nun par de días quedou instalado Ambrosio, o espantallo, nome que suscitou as protestas dun grupo de rapazas:

—A ver, por qué ten que ser home...

Ao final decidimos chamarlle Ambrosie, pero este nome só funcionou na teoría, porque na práctica seguiu sendo Ambrosio para todo o mundo, incluídas as rapazas que protestaran.

Ambrosio lucía fachendoso no medio da horta e todo o colexio pasou por alí a admiralo, provocando o noso orgullo como pais da criatura. Estaba digno de ver, co seu pasamontañas do exército, a chaqueta con varios remendos, uns de veras e outros falsos, camisa, chaleco... ¡de todo! ¡Ata tiña gafas de sol!

Tan ben quedara e tanto traballaramos para conseguilo, que soñei con el aquela noite. Ambrosio quería ser admitido nos Arriscados, polo que foi ás alpabardas e chegou á casa abandonada; alí tivo que loitar cunha banda de perigosos espías, que logo eran contrabandistas para, ao final, convertérense en terroristas que querían destruír o mundo.

—¡Axúdame, Súper! —berrara Ambrosio.

Eu reunín aos meus, que eramos todos superhomes, e marchamos polo aire a rescatalo cando xa non aguantaba máis.

Á mañá seguinte estáballe a contar o soño aos meus amigos cando apareceu Antía moi enfadada:

—Acábame de dicir Biquérful que lle roubaron a Ambrosio a chaqueta, o pasamontañas e mais os zapatos. Non que, se a envexa fose tiña...

—Pero, ¿quen ía facer unha cousa así? —interveu Xolas, sempre conciliador.

—Os dos outros cursos, ¿quen senón? —respondeu con rabia Antía.

—Eu non podo crer que os nosos compañeiros nos fagan iso —insistiu Xolas.

—Eu tampouco o quero crer —dixen—, pero a verdade é que non hai unha explicación lóxica.

Antía seguía acendida:

—Non sabedes ben o que hai por aí; dígovolo eu, que xa teño enfilados a tres ou catro.

Pouco a pouco, todos se foron incorporando á discusión, todos querían dicir algo, que quen ía querer esa roupa vella, que non é por roubar senón por amolarnos, que por que entón non o romperon todo, que había xente capaz de calquera cousa, que non había tal... O rebumbio ía *in crescendo* e os ánimos máis exaltados cada vez.

A chegada de Marelo cortou a discusión e fíxonos esquecer momentaneamente o suceso, porque marchabamos de excursión mercé a unha oferta recibida da avoa de Carlos, unha das asesoras que nos axudaban nos traballos da horta, quen nos dixera que o seu muíño, abandonado na actualidade, tivérano en uso ata hai menos de quince anos. Comentarámolo co noso titor, falou con ela e conseguiu o seu permiso para usalo con fins educativos.

Ese día tiñamos que ir río arriba e inspeccionalo para ver se eramos capaces de reconstruílo minimamente. Queriamos telo rematado para a Semana Cultural, que este ano ía estar dedicada ao agro, e a nosa participación, a do noso curso, sería principalmente esa: rehabilitar un muíño, pórlle os nomes ás diferentes pezas e organizar visitas, nas que podían participar tanto alumnos como pais. Nós seriamos os guías, polo que tiñamos dobre traballo por diante: o de rehabilitación e o de aprendizaxe, para logo poder informar ben.

—Temos que aprender tamén algunha cántiga —dixéranos Marelo— para poder participar na Romaría.

Chamabámoslle así ao festival co que remataba sempre a Semana, aberto á participación

activa e pasiva de todos os integrantes da Comunidade Educativa.

De camiño cara ao muíño contámoslle o asunto de Ambrosio e dixo que habería que indagar no Colexio, pero que non cría que ningún alumno o fixese.

—Xa estamos aquí. Vexamos como está —dixo Marelo, abrindo unha porta moi vella cunha chave das de antes.

Estaba todo vello, todo sucio, todo cheo de arañeiras... pero enteiro. Marelo reloucaba e contaxiounos o seu entusiasmo.

—É formidable, non pensei que estivese tan ben; só falta que funcione.

Puxémonos a traballar enseguida e levounos moitos días de ir pola tarde fóra de horas de clase, animados polo noso titor, que gozaba coas pequenas alegrías que proporcionan a convivencia e o esforzo común, aínda que sexa para pequenas empresas.

—A vida é un mosaico de teselas, e do colorido e colocación desas pequenas pezas depende a fermosura do conxunto —dixéranos por esa época.

O muíño funcionou, por fin, e non só puidemos ensinar os seus compoñentes senón tamén facer exhibicións de como se moía o gran. Pero isto sucedeu ao longo de máis dun mes dende o «accidente» de Ambrosio, como demos en chamalo.

Un par de días despois deste suceso xa estaba vestido de novo e esta vez para o resto do curso, pois non volveu sufrir ningún contratempo máis. E envorcados como estabamos no muíño non nos volvemos preocupar do asunto... ata tres días despois, grazas á coincidencia de dúas casualidades.

Estabamos con Cocoliso facendo un traballo coa prensa atrasada, cando caeu nas miñas mans unha folla na que se falaba do atraco sufrido por unha tendeira en Salcedo. Viña o retrato-robot do atracador e algo nel chamou poderosamente a miña atención. Cando me decatei do que era apoderouse de min un gran nerviosismo e paseille a folla a Susan sinalándolle o debuxo; notei a súa sorpresa e fixémonos un aceno de complicidade. Ela deulle o anaco de xornal a Pisco, que estaba detrás e notara que algo pasaba.

—A ver, Lelo, que te vexo moi distraído hoxe —a voz do profesor interrompeu os meus pensamentos desatados—. ¿Tes xa elixida algunha noticia para comentar?

—Teño, pero gustaríame levala para a casa e rematala alí —improvisei—. Non estou inspirado hoxe.

—Se non a das feito aquí, non hai problema; pero primeiro inténtao.

Pisco estaba pendente de que acabase de falar co profesor para pasarme outro recorte. Notábase nervioso e eu pensei que me devolvía o debuxo do atracador, pero xunto con el viña outro anaco distinto do xornal do día anterior ao meu.

—Le a noticia que tiña eu elixida —díxome en voz baixa e urxente.

Lina e comprendín o seu nerviosismo. O tempo empezou a camiñar tan lento como rápidos os meus pensamentos. Estaba desexando que rematase a clase, última do día para poder comentar estas novas con todos. Á saída fomos correndo para o autobús e eu levaba as dúas follas dos xornais.

—¿Que che parece o debuxo? —díxenlle a Pisco nada máis subir. Mirou para min preocupado e fíxenlle un aceno de silencio—. Á tarde ás catro.

No autobús intentamos ir coma sempre para non levantar sospeitas, pero parecíame que todos estaban pendentes de que algo me pasaba. Afortunadamente, só era unha sensación.

Cando cheguei á Mimosa faltaban uns minutos aínda para as catro, pero xa estaban todos alí, menos Pisco, que chegou canda min.

Sen máis preámbulos sacudín o aire cos recortes de prensa e reclamei atención.

—Escoitade esta noticia de antonte:

A policía levou onte a cabo unha espectacular persecución. Un individuo, que parecía responder á descrición do famoso atracador de Pontevedra, circulaba en moto pola estrada N-554 á altura de Meis e non obedeceu o alto dun control policial, polo que a patrulla saíu na súa persecución. O presunto atracador conseguiuse zafar no peirao de Domaio, onde subiu a unha lancha motora que algún descoidado deixara sen seguridade, e desapareceu na noite rumbo ao fondo da ría. Algún tempo máis tarde escoitouse un ruído, como se a lancha chocase. Unha vez conseguidos os servizos dun mariñeiro da zona, rastrexaron a ría e atoparon a embarcación accidentada nunhas rochas preto da illa de San Simón, pero nin rastro do atracador.

—Fixádevos —dixen, cando acabei—; o atracador caeu á auga aí en fronte xusto o día do nacemento de Ambrosio, só que pola noite.

—¿E que ten que ver iso? —preguntou Chuco, sen entender nada.

—Moi fácil —outra vez tiña a expectación creada. Deleiteime no momento pero Pisco, impaciente, rouboume o protagonismo.

—¡Pois que o ladrón chegou nadando de noite ao colexio coas roupas caladas e levou as de Ambrosio! —dixo, como con rabia.

—¡Oes, que o estaba contando eu! —enfadeime, pero el berrou máis ca min:

—¡E que non das dito o que tes que dicir! ¡Ás veces pareces parvo!

—¡Ti non me chamas parvo a min! —saltei. Estabamos a piques de empezar unha das nosas pelexas cando Xolas nos chamou á orde:

—¡Estade quietos, que parecedes os dous parvos! ¡E explicade iso, porque non entendo! ¿Por que ía ser o atracador o que colleu a roupa?

Todos agardaban outra vez unha aclaración. Entón descubrín con certa parsimonia a outra folla do xornal, ante o ademán impaciente de Pisco, que esta vez optou por agardar.

—Porque no día seguinte atracou unha tenda vestido con ela —enfaticei as palabras, mentres lles mostraba o retrato-robot do ladrón, na que se apreciaba claramente que levaba a gorra e mais a chaqueta de Ambrosio.

—Así que era iso —suspirou Noa—. Alégrame saber que non foi ningún compañeiro.

—E, naturalmente —rematei—, é o noso roubamoedas.

Estivemos un bo anaco discutindo sobre que pasos deberiamos de dar despois deste descubrimento, pero non nos dabamos posto de acordo.

—É mellor dicirllo a Marelo e el saberá o que hai que facer —suxeriu, responsable, Xolas.

—Ou ao meu pai, que traballa en Pontevedra e pode ir á policía —dixo Noa; e, naturalmente, Antón apoiou rapidamente esta proposta:

—É unha boa idea. Eu digo que o fagamos así e evitámonos problemas.

Eu non estaba disposto a quedar sen a nosa aventura máis importante, pero no fondo pensaba que tiñan razón e non sabía como rebater suxestións tan sensatas; menos mal que Pisco veu na miña axuda:

—Diso nada. En primeiro lugar a policía non lles vai facer caso a un fato de rapaces.

—¿Nin sequera a Súper? —terzou Chuco, cunha xenerosidade na súa sinxeleza que me emocionou. Dediqueille un sorriso de simpatía e Pisco continuou, empequenecendo os ollos para darlle máis énfase ao seu discurso:

—En segundo lugar porque esta aventura é nosa, descubrímola nós, seguímola case paso a paso e non lla imos dar a ninguén.

—Si, pero... —Xolas non puido seguir a súa protesta porque Pisco non lle deu tempo:

—E en terceiro lugar porque temos unha conxuración de silencio. ¿Ou non vos lembrades?

¡Era verdade! A todos nos esquecera, pero cando empezou a aventura fixeramos o xuramento da conxuración e, polo tanto, non podiamos dicirlle nada a ninguén sen quebrantalo.

—Ten razón Pisco —sentenciei con énfase—. Non hai discusión posible porque non podemos dicir nada.

Todos o aceptaron convencidos. Unha conxuración non se podía romper así como así. Non obstante, marchamos para casa con rostros preocupados. Non sabiamos o que iamos facer ao día seguinte e nin sequera sospeitabamos como se ían precipitar as cousas.

Porque á mañá a seguir volvían falar na clase da Santa Compaña; outra vez houbera luces polo monte, na casa abandonada. Nós miramos uns para os outros e non necesitamos dicir nada para compartir os nosos pensamentos.

Pola tarde entramos na Mimosa cunha excitación evidente. Eu sabía que debía propor algo, pero non tiña as ideas claras.

—O noso amigo está outra vez na casa vella —dixo Xolas, por dicir algo, supoño.

—Iso está claro —intervín eu—, pero non sei qué podemos facer. ¿Que vos parece?

—Temos que ir e inspeccionar o cuarto aquel, seguro que ten a nosa moeda —propuxo, sempre valente, Pisco.

Non todos, nin moito menos, tiñan as mesmas ganas ca el, pero cando eu dixen que, efectivamente, cumpría ir ninguén protestou. O grupo era o grupo e o que había que facer había que facelo xuntos. E ademais eramos os Arriscados.

Aquela tarde organizamos a ida para o outro día. Xolas traería o walkie talkie, eu levaría un receptor-transmisor e el quedaría co outro no souto. Iriamos avanzando e dándolle a nosa situación e tamén as novidades e, se facía falta axuda, Susan, que quedaba con el (eu non quería metela en problemas), iría buscala.

Así o fixemos. Xuntámonos todos no souto e os cinco de vangarda avanzamos amodo, comprobando de vez en cando que a comunicación funcionaba:

—Aquí pedra que fala —dicía eu—, seguimos avanzando. Cambio.

—Aquí base —respondía Xolas—. Óese moi ben.

Cando albiscamos a casa, demos un rodeo para entrar por detrás. Dende ese momento non me volvín lembrar do aparello transmisor que levaba no peto do pantalón; soamente estaba atento a que non nos descubrisen. Seguimos achegándonos, cada vez con máis precaucións, á casa vella. Cando estivemos a só uns metros, agachados detrás dunhas matogueiras, podiamos ver perfectamente a porta na que Antón levara un susto. Estivemos observando o panorama case media hora, sen atrevernos a saír de alí. Finalmente, ao non ver ningún movemento no interior nin nas proximidades, decidín entrar. Tiña que ser eu, estaba claro.

—Vós seguide agachados por se hai algún perigo.

Cando entrei e vin o cuarto baleiro din un suspiro de alivio. Non llelo dixen aos outros, pero tiña medo, un medo que non podía demostrar porque era o xefe e debía dar exemplo.

—¡Entrade que non hai ninguén! —berrei con alegría non disimulada.

Non había ninguén, pero volvía haber restos de comida e ¡a roupa de Ambrosio!

—¡Bingo! —dixo Susan—. A ver quen nos dá o caramelo.

Estaba evocando a Maicromaxín, que nos facía bingos para aprender vocabulario e dábanos un caramelo de premio.

—¡Súper! —berrou de súpeto Chuco, póndonos a todos en garda, tal era a tensión que nos envolvía—. ¡Esquecemos o guá!

—¿Que guá? —contesteille, sen comprender.

—¡Cal vai ser! O «guá que toca» ese de Xolas...

Eu botei a man enseguida ao peto, sen prestarlle atención á nova patada de Chuco, porque, efectivamente, alí estaba morto de risa o aparello sen que nos ocupásemos del. Intentei falar con Xolas sen ningún resultado. ¿Que pasaría na base? Algunha avaría, seguro. Decateime, entón, de que non teriamos comunicación en caso de perigo, e iso púxome tenso de volta, pero non quixen alarmar aos compañeiros. Os demais seguiron inspeccionando o lugar, pois o asunto era demasiado serio para entreternos en tomarlle o pelo a Chuco, como seguramente fariamos noutras circunstancias. Só Pisco sucumbiu á tentación de meterse con el, aínda que non en profundidade:

—Walkie talkie, pailán. ¡Sempre serás o mesmo marulo!

Non había máis nada, así que estabamos decidindo marchar cando Antón, que fora botar unha ollada noutro cuarto medio inzado de silvas e co tellado afundido, empezou a berrar:

—¡Mirade o que hai aquí! ¡Unha caixa chea de cousas!

Efectivamente, metida no que en tempos fora un armario e camuflada con restos de madeira do mesmo moble e de garabullos, había unha caixa de cartón; dentro, á parte duns billetes e outras cousas de certo valor, estaba a nosa moeda. Quedamos abraiados. Pisco foi o primeiro en reaccionar:

—A moeda levámola, porque é nosa. Atopámola nós.

E gardouna no peto. Eu reaccionei tamén, pero noutro sentido. Ventei o perigo que supuña o noso achado.

—¡Vámonos axiña! Isto significa que o atracador está vivindo aquí e pódese presentar en calquera momento.

Foi acabar de dicir isto e sentir un ruído de pasos aproximándose precipitadamente. O medo apoderouse de nós e, instintivamente, agachámonos nun curruncho do cuarto, contendo a respiración. Entón alguén dixo:

—¡Policía! ¿Quen anda aí?

E case ao mesmo tempo:

—¡Lelo! Somos nós. ¿Estades ben?

Era a voz do avó. ¿Como era posible?

Érao porque, na retagarda, Xolas estivera un anaco tratando, sen conseguilo, de comunicarse comigo. A pedra que fala non contestaba, porque non contaramos coas características duns aparellos de xoguete. Estabamos fóra do seu alcance e non nos decataramos.

—Aquí pasa algo raro —dixera, asustada, Susan—. Vou buscar axuda.

E botou a correr cara á casa do meu avó. Cando chegou explicoulle toda a aventura e el avisou enseguida á policía, que se puxo en camiño cara á súa casa para que el os acompañase e lles amosase o camiño.

Saímos da casa e ensinámoslles o que atoparamos. Pisco puxo o dedo diante da boca indicándome que non dixera nada da moeda, pero non me atrevín. A cousa estábase virando demasiado seria. Con pouca gana, sacou a moeda do peto e déullela aos policías, que nos mandaron marchar inmediatamente para a nosa casa.

—Nós ímoslle facer a espera, porque seguro que volve.

E así foi. Collérono pola noitiña de sorpresa. A moeda era a peza máis valiosa dunha colección que roubara algún tempo atrás, cando estivera por primeira vez na casa do monte. Perdéraa alí e cando volveu para recuperala levou a sorpresa de que desaparecera; pero viu-

nos a Susan e a min e deduciu onde podía estar a peza.

A moeda non volveu ao noso poder, como quería Pisco, pero grazas a ela déronnos unha recompensa que nos encheu de alegría: sete pesetas de cobre, unha por cabeza, con cadanseu estoxo. E con elas, e máis importante para nós, unha carta notificando a gratificación e felicitando aos Arriscados polo seu valor e astucia, carta que puxemos no marco baleiro da moeda e que valoramos como o mellor trofeo que podía acadar un grupo coma o noso; e reconstruímos a lenda póndolle un NON máis bonito aínda có anterior.

Durante os días seguintes fomos a noticia do colexio e todo o mundo viña onda nós para que lles contásemos a aventura, e sentímonos importantes.

Epílogo

O sol xa leva percorrido un bo anaco do seu camiño. A casa empezará axiña a encherse de amigos e coñecidos que veñen darlle o pésame aos parentes e eu teño que estar alí porque me considero a súa familia máis achegada, máis cós seus propios fillos. Claro que a xente non o saberá, irán directos a meu pai e meus tíos e a min deixaranme para o final, pero sabémolo el e mais eu e chega.

■■■

A aventura da casa do monte foi a máis importante de toda a miña vida. O grupo seguiu funcionando mentres estivemos no colexio, pero xa non houbo cousas salientables que contar, a non ser que en oitavo eu fun elixido presidente do goberno e nomeei aos meus compañeiros conselleiros, polo que tivemos unha convivencia aínda máis intensa.

¡Ah, si! Xa non me lembraba. Aínda houbo outra cousa importante que anotar no meu saldo, pois a finais de oitavo «tiven» outra idea brillante, ou, polo menos, moi ben acollida por todo o mundo. Propuxen convocar un triple concurso no que debía participar toda a comunidade educativa co fin de elixir un nome propio para o centro, a letra do seu himno e, finalmente, a música. O resultado daríase a coñecer no festival de fin de curso no que o himno sería interpretado por unha orquestra formada por alumnos e ex-alumnos e dirixida polo conserxe, que tocaba nunha banda, xa que non había profesor de música. Conseguir a orquestra era doado porque a nosa era unha zona de afección musical e había varios grupos que tocaban nas festas e nas discotecas.

O parlamento aprobou a proposta por unanimidade, pero a confección das bases resultou longa, sobre todo pola intervención dalgúns profesores que, a través do delegado do claustro, querían deseñar moi ben o relativo ao nome do colexio, nome que debería corresponder, segundo eles, a algún personaxe ou feito salientable da zona, con entidade de abondo para concitar a aprobación de todo o mundo, para o que habería que facer un estudo previo detallado, documentado e ben argumentado. A convocatoria quedou, pois, posposta para o seguinte ano escolar.

Pero cando rematamos ese curso meus pais decidiran, finalmente, que xa podían gastar uns pouquiños de cartos. Alugaron unha casiña nas aforas de Londres e leváronme con eles, feito que non me fixo feliz porque me separaba do meu avó, dos meus amigos ¡e de Susan! E tamén quedei sen saber en qué rematou a miña derradeira proposta. Teño que preguntarllo a Pisco cando o vexa.

O que máis sentín na miña marcha foi, sen dúbida, a obrigada separación de Susan. Cando me despedín dela prometinlle que nunca a esquecería, e non me atrevín a prometerlle máis nada porque, aínda que trataba de disimulalo, era moi tímido. Susan foi máis atrevida e díxome que se algún día tiña que casar sería comigo ou con ninguén, confesión que me fixo pór colorado e alegre na tristeza da despedida e que me axudou a vivir os primeiros anos do exilio, mentres o tempo (que é bálsamo de Fierabrás ou machadón de verdugo) non me encaleceu alma e branquias para que puidese vivir e respirar naquel enorme acuario a onde (peixe cativo e asustado) fora trasladado dende o mar da felicidade.

■■■

Espero que este relato sirva de homenaxe ao meu superavó, a quen tanto lle debo e nunca llo dixen. Prometo, dende hoxe, non deixar nunca de dicirlle a quen o mereza os sentimentos de cariño ou admiración que provoque en min, porque estas son realmente as cousas que non se deben calar.

■■■

Cando estaba rematando o relato chamoume miña nai anunciándome a primeira visita da mañá. Era Susan. O magnetismo mutuo que sentimos a primeira vez segue a funcionar e díxenllo. Non leva anel, fixeime ben, e teño a esperanza de que poidamos comezar xuntos unha aventura duradeira. Talvez é a derradeira axuda do avó, pois foi el quen a trouxo.

Índice

Miguel Anxo Mouriño naceu en Oubiña (Cambados) o 20 de outubro de 1943. Estudou na Universidade de Madrid, pero non rematou a carreira, polo que tivo diferentes ocupacións que lle permitiron vivir, primeiro nesa cidade e posteriormente en Vigo e Pontevedra, ata que decidiu facerse mestre e dende entón dá clase nun colexio de Primaria, precisamente no CEP de Riomaior, en Cobres, do que fala o libro. Sempre foi afeccionado a escribir, pero a súa primeira publicación chegou no ano 1986 en forma de cartel ilustrado por Isaac Díaz Pardo, que contiña o poema "Camariña", planta que foi tan abundante en Galicia e que deu nome a vilas e a zonas ben coñecidas no noso país. «Neste intre a camariña está en vías de extinción, o que me deu pé para comparala coa nosa lingua», comenta Miguel Anxo Mouriño. Outro poema solto seu, titulado "Xove", figura nun mural do Albergue Xuvenil de Gandarío, que o adoptou como o seu ideario e inclúe unha escolla de dous ou tres versos nas metopas coas que agasalla a persoas que reúnen certos méritos. En 1991, Mouriño tirou do prelo o poemario *Camariña: sete cruces e unha esperanza*, que desenvolve e amplía o tema tratado naquel primeiro poema. E, por fin, en 1997, Edicións do Castro publica *E segues a tirarme das entrañas*, que adquire a forma de poesía amorosa pero mantén o tema cívico do anterior libro. *Os arriscados* é a primeira obra que publica para lectores novos.

Este libro *Os Arriscados,*
de Miguel Anxo Mouriño,
ilustrado por Andrés Meixide,
rematouse de imprentar o día 30 de xullo de 2004,
123 anos despois do día en que saíu á rúa
por primeira vez o xornal vigués *La Propaganda,*
fundado por Ricardo Mella pensando
na defensa e ilustración da clase obreira.